2de GÉNÉRALE & TECHNOLOGIQUE

SANTÉ ET SOCIAL

ENSEIGNEMENT OPTIONNEL

W0393509

Justine Choin
Professeure agrégée STMS, académie de Créteil.

Lise Esnard
Professeure certifiée STMS, coordinatrice enseignement supérieur, académie de Nantes.

Fabien Violet
Professeur génie biologique, coordinateur enseignement supérieur, académie de Nantes.

Habiba Milésie
Responsable pédagogique STMS et coordinatrice de la formation pédagogique
des professeurs stagiaires de second degré : INSPE et Université de Polynésie Française.

FontainePicard

SOMMAIRE

Crédits photographiques :
Couverture : © tandaV_shutterstock_172298834 ; Colorlife_shutterstock_194622590 ; Inside Creative House_shutterstock_2500336413 ; Cookie Studio_shutterstock_788578627.

p. 5 © New Africa_shutterstock_ 2465998441 ; p. 6 © Sakurra_shutterstock_1193279692 ; p. 9 © Frame Stock Footage_shutterstock_ 2361834677 ; p. 15 © BRKH-STUDIO_shutterstock_2457688961 ; p. 18 © Designua_shutterstock_160035755 ; p. 19 © Designua_shutterstock_1765961486 ; p. 19 © Kateryna Kon_shutterstock_1206255598 ; p. 20 © Sakurra_shutterstock_1193279692 ; p. 21 © VikiVector_shutterstock_2095822489 ; p. 31 © Kateryna Kon_shutterstock_1038065014 ; p. 31 © Khomson Satchasataporn_shutterstock_2173691519 ; p. 33 © Koldunov_shutterstock_2096791672 ; p. 34 © KieferPix_shutterstock_2245313333 ; p. 38 © Fevziie_shutterstock_1589580130 ; p. 39 © FredP_shutterstock_1538453870 ; p. 40 © Pixel-Shot_shutterstock_2279035847 ; p. 41 © Baloncici_shutterstock_2243170059 ; p. 44 © NOD_shutterstock_2159222555 ; p. 46 © Valazarus-Studio_shutterstock_2124413216 ; p. 47 © New Africa_shutterstock_2477153851 ; p. 51 © Pikovit_shutterstock_2232112485 ; p. 53 © Mohammad Bash_shutterstock_2244705583 ; p. 55 © Iryna Inshyna_shutterstock_2314056513 ; p. 56 © Iryna Inshyna_shutterstock_ 2316914273 ; p. 58 © Iryna Inshyna_shutterstock_2316914285 ; p. 60 Iryna Inshyna_shutterstock_ 2140422823 ; p. 63 © _shutterstock_ ; p. © 66 Olga Dzhoshkuner_shutterstock_2354683621 ; p. 68 © Veronika Zelenina_shutterstock_1924580420 ; p. 70 © oumen Japet_shutterstock_1817645864 ; p. 71 © Love Employee_shutterstock_2529648309 ; p. 72 © Iryna Inshyna_shutterstock_2316914257 ; p. 75 © PeopleImages.com - Yuri A_shutterstock_2419200261 ; p. 76 © Chokniti-Studio_shutterstock_2490391049 ; p. 79 © Lucigerma_shutterstock_2455553779 ; p. 80 © De Visu_shutterstock_554072923, PeopleImages.com - Yuri A_shutterstock_2462703011, Matej Kastelic_shutterstock_2502804633, Rawpixel.com_shutterstock_1012799926, pikselstock_shutterstock_2480651009, JPC-PROD_shutterstock_163661126, PintoArt_shutterstock_2277792383 ; p. 82 © PeopleImages.com - Yuri A_shutterstock_2228263055 ; p. 83 © GaudiLab_shutterstock_1761066524 ; p. 84 © PeopleImages.com - Yuri A_shutterstock_2349929209 ; p. 86 © TimeLineArtist_shutterstock_2463313689 ; p. 87 © Innovative Creation_shutterstock_1905586564 ; p. 89 © mentalmind_shutterstock_2445508897 ; p. 90 © Jagat Kreasi_shutterstock_2577084385 ; p. 92 © Pixel-Shot_shutterstock_2483950049 ; p. 93 © Ground Picture_shutterstock_1922009411, Perfect Wave_shutterstock_2253021287, pikselstock_shutterstock_2480651009, SpeedKingz_shutterstock_306048659 ; p. 95 © sopa phetcharat_shutterstock_2505886691 ; p. 96 © Nata Bene_shutterstock_2056646150 ; p. 101 © BearFotos_shutterstock_2559821349 ; p. 102 © bump23_shutterstock_2570774229 ; p. 103 © Ground Picture_shutterstock_1943749642 ; p. 105 © Stock-Asso_shutterstock_2361019097 ; p. 106 © grayjay_shutterstock_1423577012, Onnere_shutterstock_1715382286, VectorMine_shutterstock_2306778305 ; p. 107 © angela_cora_shutterstock_2056108760, grayjay_shutterstock_2189929933, Jaitham_shutterstock_2188793125 ; p. 109 © Gorodenkoff_shutterstock_2456036601 ; p. 110 © TippaPatt_shutterstock_2014047518 ; p. 111 © Prostock-studio_shutterstock_2467274867, PeopleImages.com - Yuri A_shutterstock_2437811053, S. Singha_shutterstock_2228265273 ; p. 113 © Halfpoint_shutterstock_2464248143 ; p. 115 © noriox_shutterstock_2496187619 ; p. 120 © Drazen Zigic_shutterstock_2139861063 ; p. 122 © Association Française contre les Myopathies, DiBtv_shutterstock_2145589007 ; p. 123 © VectorMine_shutterstock_2086671658 ; p. 126 © Lisanne Versteeg_shutterstock_2111953952 ; p. 128 © Science Project 101_shutterstock_2304799963, VectorMine_shutterstock_2303692909 ; p. 130 © Albina Gavrilovic_shutterstock_2439575363, metamorworks_shutterstock_772437742, Jo Panuwat D_shutterstock_2500439681.

Malgré tous les efforts de l'éditeur, certaines demandes de droit de reproduction n'ont pas, à ce jour, reçu de réponses.
Les droits de reproduction sont réservés par FontainePicard.

Pour d'éventuelles informations de votre éditeur

https://g5.re/f1522

Maquette : FontainePicard
Mise en page : FontainePicard

ISBN : 978-2-7446-5111-3

THÈME 1 Hôpital : images et réalités

QUESTIONNEMENTS

STSS

- Quelle place pour l'hôpital dans l'offre de soins sur le territoire ?
- Quelles sont les problématiques actuelles que rencontrent les hôpitaux ?
- Quels droits des usagers sont reconnus au sein du système de soins ?

BPH

- Qu'est-ce qu'une infection ?
- Comment contracte-t-on une maladie infectieuse ?
- Que signifie le mot « nosocomial » ?
- Qu'est-ce qu'un antibiotique ?

NOTIONS ABORDÉES

• Établissements de santé • Missions de l'hôpital • Droits de l'usager du système de santé • Flore commensale • Flore pathogène • Infection nosocomiale • Antibiotiques et résistance

Contexte

C'est l'un des symboles de la crise de l'hôpital : près de 4 900 lits d'hospitalisation complète (avec nuitée dans l'établissement) ont été supprimés en 2023, confirmant une baisse continue de l'offre, avec 43 500 lits perdus depuis fin 2013, selon une étude de la direction de la recherche, des études, de l'évaluation et des statistiques (Drees). [...] Le repli du nombre de lits confirme selon la Drees « *une tendance observée depuis plusieurs années* », reflétant d'une part la volonté des pouvoirs publics de « *réorganiser* » les soins vers plus « *d'ambulatoire* », et d'autre part des pénuries de personnel, qui ne « *permettent pas de maintenir* » tous les lits ouverts.

Le Monde avec AFP, 31/10/24
www.lemonde.fr

1 Je découvre

DOCUMENT 1 Qualiscope : qualité des hôpitaux et des cliniques

Qualiscope permet à chacun de s'informer facilement sur le niveau de qualité et de sécurité des soins, mesuré par la Haute Autorité de Santé (HAS) dans tous les hôpitaux et cliniques de France. C'est :

1. un service d'information grand public sur le niveau de qualité et de sécurité des soins mesuré par la HAS dans tous les hôpitaux et cliniques de France ;
2. un accès à l'ensemble des résultats des indicateurs qualité et sécurité des soins et de la certification des établissements de santé de France ;
3. un moteur de recherche et un panorama interactif permettent d'accéder aux données de plus de 4 300 sites hospitaliers en effectuant une recherche par nom d'établissement, zone géographique, activité, résultat de certification, résultat d'indicateur, etc. ;
4. des données développées et mesurées en toute indépendance par la HAS, avec des méthodes robustes assurant leur fiabilité et leur comparabilité entre établissements de santé ;
5. des outils de cartographie, de comparaison, de datavisualisation ou encore d'exports de données pour rendre les informations accessibles et compréhensibles par tous.

www.has-sante.fr

CONSULTER LE SITE
https://g5.re/fau3q

Présenter le service d'information nommé Qualiscope en répondant aux questions suivantes :

1 **Quel est le public ciblé ? Quels sont les établissements concernés ? Quels sont les objectifs ? Quelles sont les modalités d'accès aux informations ?**

2 **Expliquer les intérêts de l'utilisation de Qualiscope pour les usagers des hôpitaux et cliniques de France.**

3 **Chercher l'établissement de santé de votre choix sur la base de données Qualiscope et présenter les résultats de la certification de l'établissement.**

2 Je m'interroge

1 Quelle est la place de l'hôpital dans le système de soins ?

A. Les grandes catégories d'établissements de santé

DOCUMENT 2 Nombre d'entités et capacités d'hospitalisation des établissements de santé par catégories d'établissement au 31 décembre 2013 et 2022

	Entités		Nombre de lits		Nombre de places	
	2013	2022	2013	2022	2013	2022
Secteur public	**1 420**	**1 338**	**256 934**	**228 687**	**39 485**	**44 614**
CHR/CHU	183	185	73 636	65 868	9 270	11 647
CH, hors anciens hôpitaux locaux	720	733	134 734	125 854	15 258	19 019
CH, anciens hôpitaux locaux	261	199	10 661	8 819	160	124
CH spécialisés en psychiatrie	98	92	25 873	20 036	14 363	13 398
Autres établissements publics	158	129	12 030	8 110	434	426
Secteur privé à but non lucratif	**683**	**658**	**58 103**	**53 957**	**12 282**	**15 418**
CLCC	21	20	2 887	2 549	323	542
Établissements de SCD ou pluridisciplinaires	156	133	19 401	17 646	2 492	3 283
Établissements de SSR	368	348	25 377	24 537	4 071	5 664
Autres établissements à but non lucratif	138	157	10 438	9 225	5 396	5 929
Secteur privé à but lucratif	**1 019**	**980**	**97 890**	**91 646**	**15 810**	**24 983**
Établissements de SCD ou pluridisciplinaires	534	465	57 766	46 924	11 961	16 213
Établissements de SSR	335	343	27 043	29 752	2 656	6 074
Établissements de lutte contre les maladies mentales	144	159	12 579	14 370	1 193	2 587
Autres établissements à but lucratif	6	13	502	600	0	109
Ensemble	**3 122**	**2 976**	**412 927**	**374 290**	**67 577**	**85 015**

CHR : centre hospitalier régional ; CHU : centre hospitalier universitaire ; CH : centre hospitalier ; CLCC : centre de lutte contre le cancer ; SMR : Soins Médicaux et de Réadaptation.

Note : le nombre d'entités indiqué pour le secteur public comptabilise toutes les entités géographiques (et pas uniquement les entités juridiques comme c'était le cas avant 2013). Pour une entité juridique multisite comme l'AP-HP, on compte autant d'entités que de sites, soit 37 sites.

Champ : France (incluant Saint-Martin et Saint-Barthélémy), y compris le SSA. Établissements d'hospitalisation disposant d'au moins un lit (en hospitalisation complète) ou d'une place (en hospitalisation partielle). Les centres de dialyse et de radiothérapie ne sont pas comptabilisés.

Sources : DREES, SAE 2013 et 2022, traitements DREES.

4 Repérer les différents secteurs d'hospitalisation.

....

....

5 Indiquer, pour chaque secteur, 3 exemples de catégories d'établissements de santé.

....

....

....

6 Expliquer, à partir d'une recherche documentaire, la différence entre le « nombre de lits » dans un établissement de santé et « le nombre de places ».

7 Analyser l'évolution du nombre de lits entre 2013 et 2022 pour le secteur public.

8 Expliquer pourquoi le nombre de lits baisse alors que le nombre de places augmente entre 2013 et 2022.

B. Les missions des établissements de santé

DOCUMENT 3 Les missions des établissements de santé

Selon l'article L6111-1 du Code de la santé publique, un établissement de santé (hôpital, clinique) a vocation à :

- assurer le diagnostic, la surveillance et le traitement des malades, des blessés et des femmes enceintes ;
- mener des actions de prévention et d'éducation à la santé ;
- délivrer les soins avec ou sans hébergement, sous forme ambulatoire ou à domicile ; [...]
- participer à la coordination des soins avec les professionnels de santé exerçant en ville et les services médicosociaux ; [...]
- mener une réflexion sur l'éthique liée à l'accueil et à la prise en charge médicale ;
- participer à la formation, à l'enseignement universitaire et post-universitaire, à la recherche et à l'innovation en santé.

www.vie-publique.f

9 Classer les missions des établissements de santé selon qu'elles interviennent avant ou pendant une pathologie.

10 Expliquer l'une de ces missions au choix.

11 À votre avis, l'hôpital exerce-t-il également une mission sociale ?

2 Quelles représentations et quelles réalités de l'hôpital ?

A. L'hôpital en crise ?

DOCUMENT 4 **Trop de patients et pas assez de personnels**

Après Sarlat, la dernière fermeture temporaire du service d'urgence de l'hôpital de Bergerac à cause du manque de médecins, a été la goutte d'eau qui a fait déborder le vase. Il y a quelques jours, les soignants de Périgueux ont été prévenus qu'ils allaient devoir prendre en charge durant la nuit des patients supplémentaires en provenance du sud du département. Une mission impossible à tenir selon eux. À Périgueux, les effectifs étant déjà jugés plus qu'insuffisants face à l'afflux de malades.

« Cela fait deux ans que nous vivons une succession de crises avec des soignants qui quittent l'hôpital, des lits qui sont fermés et qui n'ont pas pu rouvrir par manque de personnels, des patients qui stagnent aux urgences, on n'en peut plus de travailler dans ces conditions. »

Benjamin Salez
Chef du SAMU à l'hôpital de Périgueux

L'équation est la même sur tout le territoire et le diagnostic est sans appel. « *En Dordogne, le système est en train de s'effondrer, il n'y a plus de médecins généralistes sur le terrain. Les hôpitaux se sont vidés, aussi bien aux urgences que dans les étages. Il n'y a plus de médecins dans les établissements de soins de suite et d'adaptation. Résultat, on ne peut pas sortir les patients de nos hôpitaux vers ces établissements et il n'y a pas de place dans les EHPAD.* ***C'est un système qui s'effondre*** », analyse le docteur Benjamin Salez.

france3-regions.francetvinfo.fr

12 **Expliquer le problème rencontré par les soignants de l'hôpital de Périgueux.**

....

....

....

....

13 **Indiquer les conditions de travail difficiles dénoncées par le chef du SAMU de l'hôpital de Périgueux.**

....

....

....

....

14 **Expliquer en quoi « le système s'effondre » selon Benjamin Salez.**

....

....

....

....

....

....

B. Des solutions envisagées

DOCUMENT 5 Ségur de la santé : reconnaître l'engagement de ceux qui soignent

Après la signature des accords du Ségur de la santé qui consacrent 8,2 milliards d'euros à la revalorisation des métiers des établissements de santé et des EHPAD et à l'attractivité de l'hôpital public, le ministre en charge des Solidarités et de la Santé, a présenté les conclusions du Ségur de la santé le 21 juillet 2020. [...]

Ces deux accords consacrent respectivement :

- 7,6 milliards d'euros par an à la revalorisation de l'ensemble des métiers non-médicaux dans les établissements de santé et médico-sociaux des secteurs publics ou privés, et prévoyant également le recrutement de 15 000 personnels ;
- 450 millions d'euros par an à l'attractivité de l'hôpital public pour les praticiens hospitaliers.

sante.gouv.fr

15 **Indiquer l'objectif des accords du Ségur.**

16 **Expliquer en quoi le financement de l'État permet de valoriser l'engagement des soignants.**

DOCUMENT 6 Hôpitaux : Emmanuel Macron annonce des mesures pour sortir d'un « jour de crise sans fin »

CONSULTER LE SITE

https://g5.re/fjk1c

17 **Citer les objectifs principaux annoncés par le Président Emmanuel Macron en janvier 2024.**

18 **Expliquer les inquiétudes des soignants face à ces annonces.**

3 Quels sont les droits des usagers dans les hôpitaux ?

A. Des droits individuels

DOCUMENT 7 Grand Hôpital de l'Est Francilien – Droits des patients

Le Grand Hôpital de l'Est Francilien (GHEF) regroupant les sites hospitaliers de Meaux, Marne-la-Vallée, Coulommiers et Jouarre, met en œuvre une politique de respect et de promotion des droits des patients, et plus généralement des usagers, tels qu'ils résultent des dispositifs légaux et réglementaires et notamment de la loi n° 2002-303 du 4 mars 2002 relative aux droits des malades et à la qualité du système de santé. [...] Cette politique sur laquelle s'engage la direction de l'établissement, répond aux exigences de santé publique et tout particulièrement « l'accès aux soins ». Elle prend en compte les attentes et la satisfaction des usagers, des patients et de leurs familles. Elle a pour objectif de leur assurer l'accès aux droits qui leur sont garantis par les textes et d'apporter aux professionnels de santé les moyens leur permettant de contribuer activement à l'exercice de ces droits. Elle aborde en toute transparence les enjeux de qualité de l'accueil, de sécurité des soins, de « bientraitance » et intègre également les obligations réglementaires en matière d'accès à l'information sur les droits, le respect de la dignité, de la confidentialité et de la liberté d'aller et venir.

www.ghef.fr

DOCUMENT 8 Charte de la personne hospitalisée

Ministère de la Santé et des Solidarités

Usagers, vos droits

Charte de la personne hospitalisée

Principes généraux*

circulaire n° DHOS/E1/DGS/SD1B/SD1C/SD4A/2006/90 du 2 mars 2006 relative aux droits des personnes hospitalisées et comportant une charte de la personne hospitalisée

1. Toute personne est libre de choisir l'établissement de santé qui la prendra en charge, dans la limite des possibilités de chaque établissement. Le service public hospitalier est **accessible à tous,** en particulier aux personnes démunies et, en cas d'urgence, aux personnes sans couverture sociale. Il est adapté aux personnes handicapées.

2. Les établissements de santé garantissent **la qualité de l'accueil, des traitements et des soins.** Ils sont attentifs au soulagement de la douleur et mettent tout en œuvre pour assurer à chacun une vie digne, avec une attention particulière à la fin de vie.

3. **L'information** donnée au patient doit être **accessible et loyale.** La personne hospitalisée participe aux choix thérapeutiques qui la concernent. Elle peut se faire assister par une personne de confiance qu'elle choisit librement.

4. Un acte médical ne peut être pratiqué qu'avec **le consentement libre et éclairé du patient.** Celui-ci a le droit de refuser tout traitement. Toute personne majeure peut exprimer ses souhaits quant à sa fin de vie dans des directives anticipées.

5. **Un consentement spécifique** est prévu, notamment, pour les personnes participant à une recherche biomédicale, pour le don et l'utilisation des éléments et produits du corps humain et pour les actes de dépistage.

6. Une personne à qui il est proposé de participer à **une recherche biomédicale** est informée, notamment, sur les bénéfices attendus et les risques prévisibles. **Son accord est donné par écrit.** Son refus n'aura pas de conséquence sur la qualité des soins qu'elle recevra.

7. La personne hospitalisée peut, sauf exceptions prévues par la loi, **quitter à tout moment l'établissement** après avoir été informée des risques éventuels auxquels elle s'expose.

8. **La personne hospitalisée est traitée avec égards.** Ses croyances sont respectées. Son intimité est préservée ainsi que sa tranquillité.

9. Le respect de la vie privée est garanti à toute personne ainsi que **la confidentialité des informations** personnelles, administratives, médicales et sociales qui la concernent.

10. La personne hospitalisée (ou ses représentants légaux) bénéficie d'**un accès direct aux informations de santé la concernant.** Sous certaines conditions, ses ayants droit en cas de décès bénéficient de ce même droit.

11. La personne hospitalisée peut exprimer des observations sur les soins et sur l'accueil qu'elle a reçus. Dans chaque établissement, une commission des relations avec les usagers et de la qualité de la prise en charge veille, notamment, au respect des droits des usagers. Toute personne dispose du **droit d'être entendue** par un responsable de l'établissement pour exprimer ses griefs et de demander réparation des préjudices qu'elle estimerait avoir subis, dans le cadre d'une procédure de règlement amiable des litiges et/ou devant les tribunaux.

* Le document intégral de la charte de la personne hospitalisée est accessible sur le site Internet :
www.sante.gouv.fr
Il peut être également obtenu gratuitement, sans délai, sur simple demande, auprès du service chargé de l'accueil de l'établissement.

Éditions Sicom 06042 - Direction de l'hospitalisation et de l'organisation des soins - Direction générale de la santé Avril 2006

CONSULTER LA CHARTE
https://g5.re/fmpny

www.ghef.fr

19 **Surligner sur la charte (document 8) :**

- **en vert :** le cadre législatif relatif aux droits des usagers ;
- **en bleu :** les éléments relatifs à l'attribution de droits aux usagers.

20 **Expliquer la phrase soulignée dans le document 7.**

....

....

....

....

....

....

21 **Relier les situations proposées aux droits des usagers correspondants.**

Situations		Droits
Mme D. refuse un acte médical et un traitement.	•	○ Droit de quitter à tout moment l'établissement.
Mme S. est au chômage depuis 7 ans et craint de ne pas pouvoir bénéficier de soins.	•	○ Droit à la confidentialité des informations et à la vie privée.
À la suite de son opération, M. R. souhaite quitter l'hôpital malgré les risques pour sa santé.	•	○ Droit à une information accessible et loyale.
L'infirmière de service raconte à ses autres patients que Mme D. a refusé un acte médical et un traitement.	•	○ Droit au service public hospitalier, accessible pour tous.
Mme R. est malentendante. Son médecin décide de ne pas lui donner les informations.	•	○ Droit au consentement libre et éclairé.

DOCUMENT 9 La personne de confiance

Vous pouvez, lors de votre hospitalisation, désigner une personne de confiance par un écrit signé par vous-même et la personne désignée. Cette désignation est révocable à tout moment. Si vous le souhaitez, elle peut vous accompagner dans vos démarches, assister aux entretiens médicaux et vous aider dans vos décisions. Elle sera, en outre, prioritairement consultée par le médecin si vous êtes dans l'impossibilité d'exprimer votre volonté ou de recevoir l'information vous concernant. Elle devient, à ce moment, garant du respect de vos choix, de vos droits et de vos intérêts.

www.ghef.fr

22 **Expliquer le rôle de la personne de confiance.**

....

....

....

....

....

B. Des droits collectifs

DOCUMENT 10 L'expression des usagers à travers les droits collectifs

Un maillage associatif engagé dans le domaine de la santé s'investit dans la défense des droits des usagers. Les représentants des usagers, bénévoles des associations agréées, sont porteurs d'une voix collective et s'expriment au nom de tous les usagers. Pour devenir représentant des usagers, le bénévole doit appartenir à une association agréée. [...]

La présence des représentants des usagers dans les instances de démocratie en santé permet de relayer les intérêts des patients. Cette démarche garantit l'exercice des droits collectifs.

Il existe des lieux à différents échelons du système de santé au sein desquels les représentants des usagers interviennent. À l'échelle locale, régionale ou nationale, ils peuvent accompagner les usagers qui le souhaitent pour défendre leurs besoins, et apporter leur expertise d'usage pour améliorer la politique de santé.

www.iledefrance.ars.sante.fr

23 Citer l'acteur institutionnel qui permet de faire valoir la voix des usagers des hôpitaux.

24 À partir d'une recherche internet, citer deux associations agréées de l'hôpital de votre ville.

25 Présenter le rôle de ces associations agréées.

DOCUMENT 11 Baromètre 2024 des personnes malades

Des Français plutôt bien informés sur leurs droits, mais quelques inquiétudes, en particulier en ce qui concerne la représentation des usagers. C'est ce qui ressort de l'édition 2024 du baromètre des droits des personnes malades que FRANCE ASSOS SANTÉ rend public. [...]

Si les associations figurent dans le haut de la liste des acteurs perçus comme les plus légitimes pour porter la parole des usagers, elles pointent désormais à la deuxième place, accusant un léger recul par rapport à 2023 (50 % contre 54 %), derrière les complémentaires santé qui, elles, sont restées stables (52 %).

Dans le même temps, moins d'un tiers des personnes sondées (27 %) savent qu'elles peuvent être représentées et soutenues en cas de problèmes dans leur parcours de soins – c'est 2 points de moins par rapport à l'année passée et 5, au total, depuis 2022. Des chiffres qui rappellent l'importance de renforcer les actions pour mieux sensibiliser le grand public sur l'existence de représentants des usagers dans les établissements de santé.

POUR ALLER PLUS LOIN
https://g5.re/fe7ag

www.france-assos-sante.org

26 Analyser le problème identifié concernant la représentation des usagers.

27 Formuler deux hypothèses expliquant les causes de cette problématique.

28 Indiquer quelles solutions propose « FRANCE ASSOS SANTÉ » pour répondre à ce constat.

POUR ALLER + LOIN

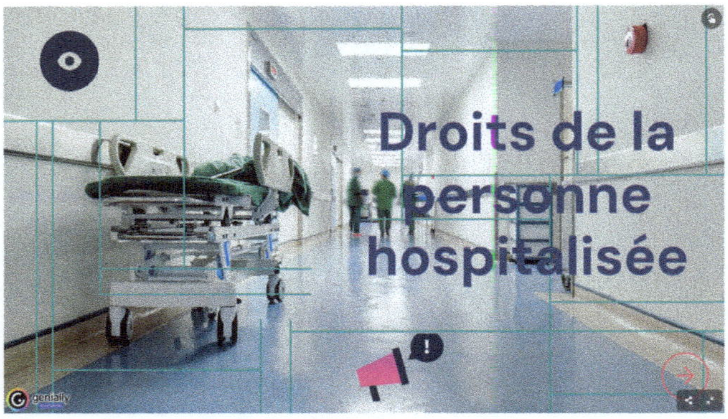

Escape game sur les droits des usagers dans les hôpitaux

Aide Mme Regasu et sa fille à sortir de l'hôpital !

ESCAPE GAME

https://g5.re/fadzb

JE DÉCOUVRE *un métier*

Les métiers du soin

Prendre rendez-vous avec un professionnel de santé de votre ville (aide-soignant(e), infirmier(ière), médecin...).

Objectif : connaître l'avis d'un professionnel de santé sur l'application des droits des usagers dans les établissements de santé.

Durée : 15 minutes.

Outil : guide d'entretien contenant le titre de l'entretien, une consigne de départ, deux thèmes et trois questions minimum par thème.

Présenter les résultats de l'enquête par l'entretien à l'oral.

JE MÈNE L'ENQUÊTE...

LES USAGERS CONNAISSENT-ILS LEURS DROITS ?

Vous êtes chargé(e) de diverses missions liées à la démarche qualité dans un établissement de santé et devez analyser la connaissance des droits des usagers du système de soins.

ENQUÊTE PAR QUESTIONNAIRE

1. Concevoir le questionnaire d'enquête au brouillon.
2. Réaliser le questionnaire d'enquête sur l'outil numérique.
3. Envoyer le questionnaire d'enquête au public ciblé.
4. Analyser les résultats du questionnaire d'enquête.
5. Rédiger une synthèse des résultats qui sera présentée à la classe sous forme de diaporama.

Utilisation d'un logiciel numérique adapté

Aide méthodologique « questionnaire d'enquête »

Titre :

Introduction :

- PRÉSENTATION DE L'ORGANISME À L'ORIGINE DE L'ENQUÊTE
- OBJECTIFS DE L'ENQUÊTE
- GARANTIES D'ANONYMAT
- UTILISATION DES DONNÉES ET DES RÉSULTATS

Questions :

- **QUESTIONS DÉMOGRAPHIQUES** : Cherchent à identifier l'âge, le sexe, le lieu d'habitation
- **QUESTIONS FERMÉES** : Appellent une réponse fermée, avec un seul mot
- **QUESTIONS DE CLASSEMENT** : Demandent de classer une série d'options en fonction de critères définis
- **QUESTIONS OUVERTES** : Cherchent à collecter des données qualitatives telles qu'un ressenti

Remerciements :

Permettent de remercier les usagers interrogés d'avoir pris le temps de répondre au questionnaire d'enquête.

1 Je découvre

DOCUMENT 1 Les infections nosocomiales

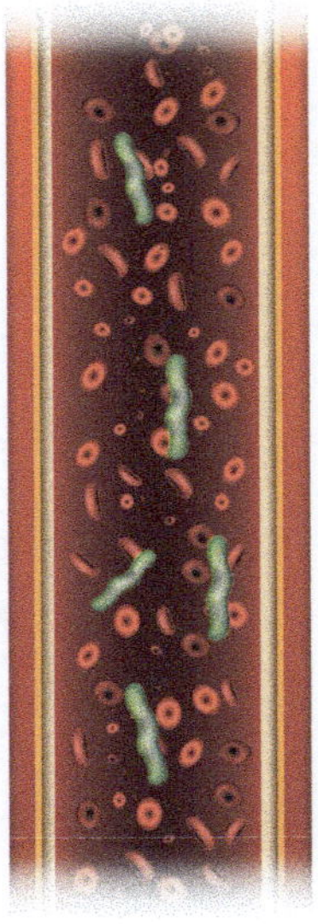

Définition d'une infection nosocomiale :

Une infection nosocomiale – ou infection hospitalière – peut être définie comme suit : infection acquise à l'hôpital par un patient admis pour une raison autre que cette infection. [...] Cette définition inclut les infections contractées à l'hôpital mais qui se déclarent après la sortie, et également les infections professionnelles parmi le personnel de l'établissement. [...] Malgré les progrès réalisés en matière de santé publique et de soins hospitaliers, des infections continuent à apparaître chez certains patients hospitalisés et peuvent aussi toucher le personnel de l'établissement. De nombreux facteurs favorisent l'infection chez les patients : une immunité affaiblie, la variété croissante des interventions et des gestes invasifs qui peuvent ouvrir la voie à l'infection, et la transmission de bactéries résistantes aux médicaments au sein d'hôpitaux surpeuplés, souvent facilitée par l'insuffisance des précautions de lutte contre l'infection.

sante.gouv.fr

1 **Reformuler ce qu'est une maladie nosocomiale.**

....

....

....

2 **Une telle maladie se déclare-t-elle forcément à l'hôpital ? Justifier.**

....

....

....

3 **Citer les éléments déclencheurs d'une infection nosocomiale chez les patients.**

....

....

....

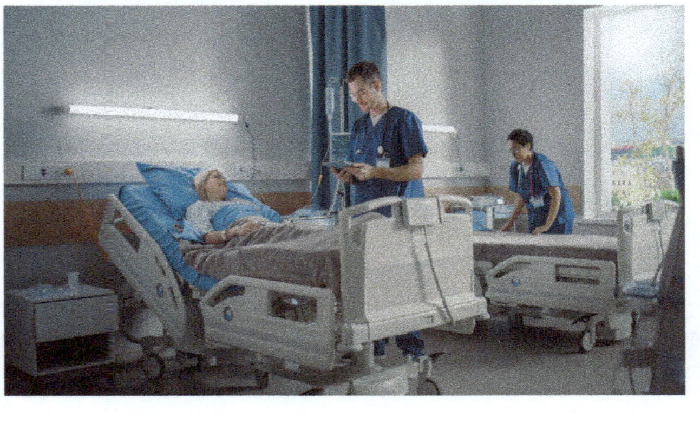

2 Je m'interroge

1 Quel est l'impact des infections nosocomiales sur la santé publique ?

A. La prévalence

DOCUMENT 2 Prévalence et impact sur la santé publique

Santé Publique France est une agence nationale créée en 2016, regroupant divers organismes, dont l'objectif est de protéger et d'améliorer la santé des populations en mettant en œuvre des politiques de santé publique basées sur les données scientifiques.

CONSULTER LE SITE

https://g5.re/fv1eh

4 En vous rendant sur le site internet accessible par QR Code, par groupe de 3 à 4 élèves, rechercher des informations récentes sur les maladies nosocomiales. L'objectif est d'identifier les taux de contaminations liées aux maladies nosocomiales et leur évolution par rapport aux années précédentes. Rassembler les informations et les présenter dans une synthèse.

B. L'impact sur la santé humaine

Activité 1 Étude de cas – Infection nosocomiale au SARM

M. Jean Dupont, 67 ans, a été hospitalisé pour une prothèse totale de hanche en raison d'une arthrose invalidante. Malgré un traitement préventif et une intervention sans complication, il a présenté, cinq jours après la chirurgie, une fièvre modérée, des douleurs et un écoulement purulent au niveau de l'incision. Une infection nosocomiale à *Staphylococcus Aureus* résistant à la Méthicilline (SARM) a été confirmée par analyse microbiologique. Placé en isolement, il a reçu une antibiothérapie ciblée par vancomycine[1] et a subi un débridement chirurgical[2] pour nettoyer le site infecté. Son hospitalisation, prolongée à 30 jours, a été marquée par une gestion de complications inflammatoires et une surveillance stricte de son diabète. Bien que son état se soit amélioré après des soins intensifs, cette infection a provoqué une anxiété accrue et allongé sa convalescence, nécessitant une prise en charge psychologique et un transfert en rééducation. Ce cas souligne l'importance des mesures d'hygiène et de prévention pour limiter les infections nosocomiales dans un contexte chirurgical.

DOCUMENT 3 Origine des infections humaines

Chez l'Homme, la plupart des pathologies sont induites par des infections : presque exclusivement dues à des bactéries et des virus. Ce sont des micro-organismes (êtres vivants invisibles à l'œil nu).

5 Indiquer les signes qui ont permis de suspecter une infection chez M. Dupont.

....

....

6 Présenter le micro-organisme responsable de l'infection.

....

....

[1] Traitement curatif basé sur l'action d'antibiotiques.

[2] Action de retirer par chirurgie tout tissu malsain et/ou élément extérieur présent dans une plaie.

7 Énoncer les éléments déclencheurs de l'infection du patient.

....

....

8 Citer le type de traitement utilisé pour soigner l'infection.

....

....

9 Pourquoi a-t-on décidé de réintervenir chirurgicalement ?

....

....

....

2 Qu'est-ce qu'une infection nosocomiale ?

Activité 2 Expérience de laboratoire : réaliser un frottis bactérien suivi d'une coloration de Gram du surnageant d'un yaourt ferme

CONSULTER LE SITE

https://g5.re/fnejz

- Vous pouvez consulter le mode opératoire et observer le résultat attendu à l'aide du QR Code suivant :

DOCUMENT 4 Formes des bactéries

Il existe de nombreuses formes de bactéries, la plupart étant des coques et des bacilles.

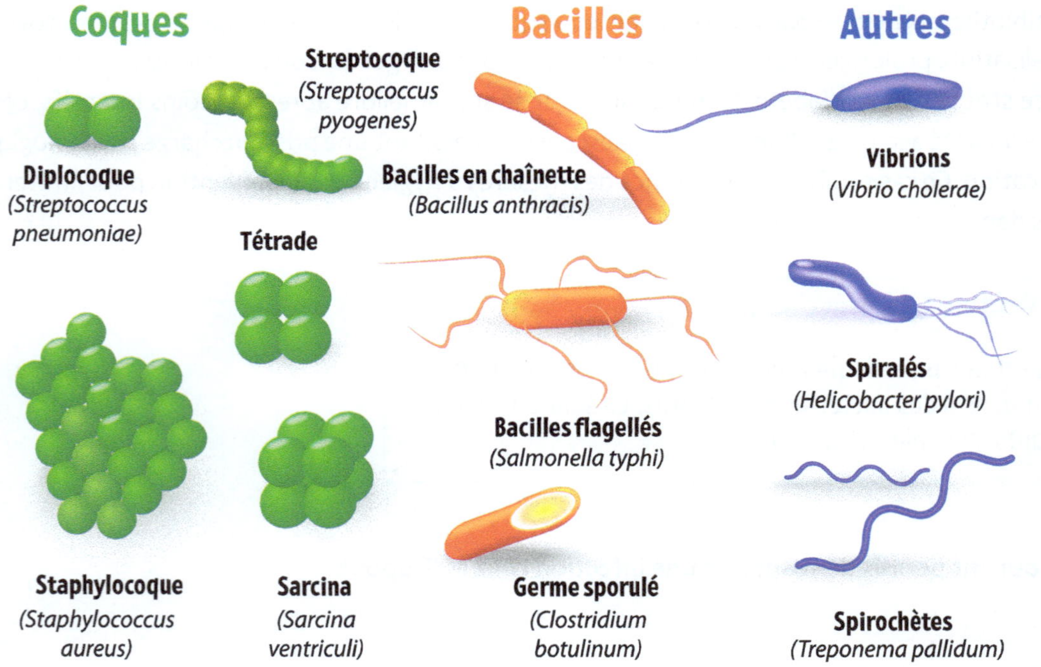

10 Identifier les structures bactériennes à partir du frottis réalisé. Réaliser un dessin de l'observation en mettant en évidence les formes bactériennes.

DOCUMENT 5 Les formes de virus et de bactéries

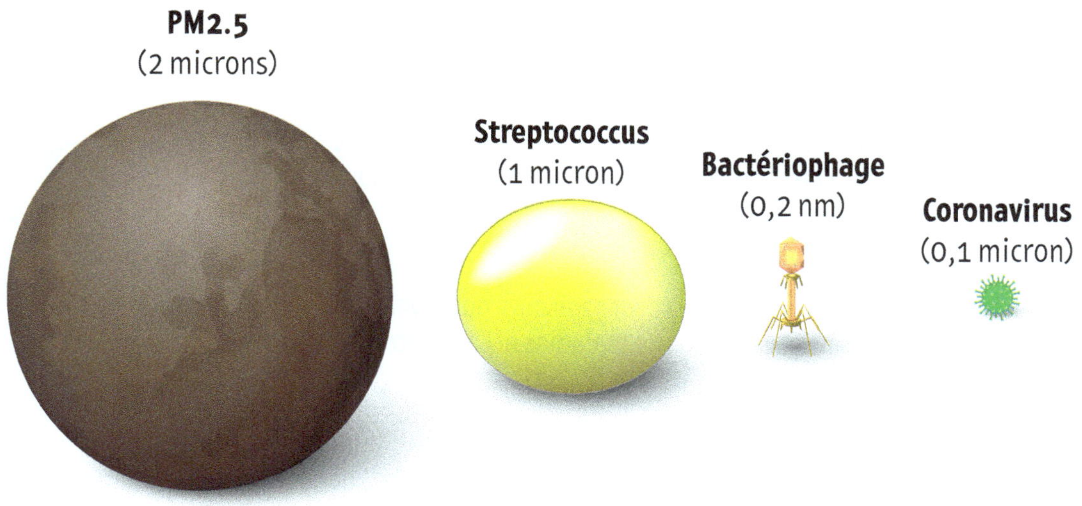

11 En observant l'image ci-dessus, indiquer les principales différences entre virus et bactérie.

12 Expliquer pourquoi il n'est pas possible d'observer les virus au microscope optique.

3 Quelles sont les bactéries souvent responsables de pathologies ?

DOCUMENT 6 Bactéries les plus fréquemment impliquées

Staphylococcus aureus, *Escherichia coli*, *Pseudomonas aeruginosa* sont, en termes de fréquence, les premiers micro-organismes responsables d'infections nosocomiales.

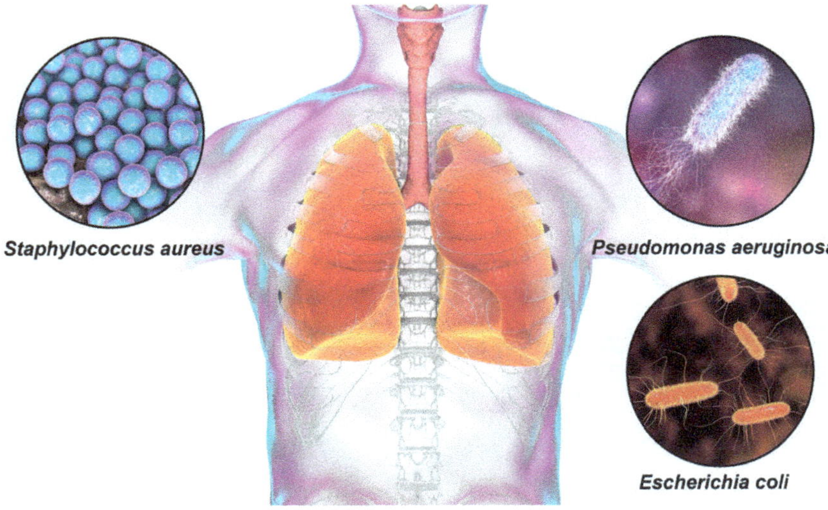

13 Par groupe de 3 à 4 élèves, effectuer des recherches et présenter les trois germes énoncés dans le document 6 en les comparant.

4 Quelle est la différence entre commensal et pathogène ?

DOCUMENT 7 Qu'est-ce que la flore microbienne ?

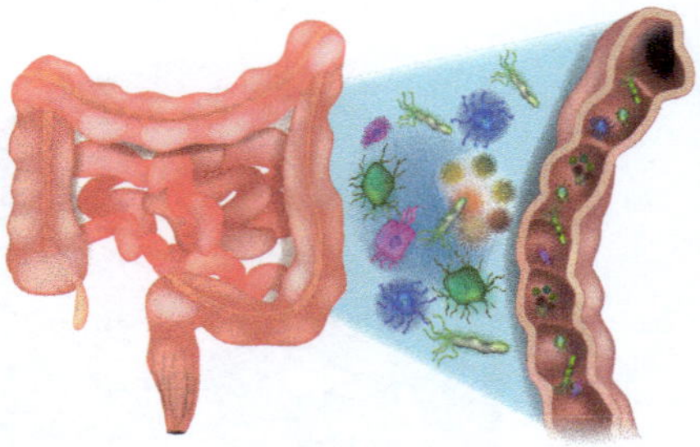

Notre corps est peuplé par des milliards de micro-organismes : c'est ce qu'on appelle la « flore microbienne ». Ces micro-organismes se trouvent sur notre peau, dans notre bouche, dans notre intestin, et même dans nos organes génitaux. On peut les classer en deux grandes catégories : la flore commensale et la flore pathogène.

La flore commensale : une alliée précieuse

La flore commensale est constituée de micro-organismes qui vivent en harmonie avec notre corps. Ils ne causent pas de maladies et, au contraire, jouent de nombreux rôles essentiels.

Exemples de ses fonctions :

- Protection : la flore intestinale, par exemple, empêche les microbes dangereux de s'installer en occupant l'espace et en produisant des substances antimicrobiennes.
- Digestion : certains microbes de l'intestin aident à décomposer des aliments que notre corps ne peut pas digérer seul.
- Régulation immunitaire : permet au système immunitaire de différencier les bonnes bactéries des mauvaises.

La flore pathogène : une menace pour la santé

La flore pathogène regroupe les micro-organismes qui peuvent causer des maladies. Ces microbes peuvent être présents dans l'environnement ou entrer dans notre corps à la suite d'une blessure, d'une mauvaise hygiène ou d'une immunité affaiblie.

Conséquences :

- les pathogènes attaquent nos cellules ou produisent des toxines ;
- ils peuvent provoquer des infections comme des angines, des pneumonies ou des infections urinaires.

14 À partir du document 7, remplir le tableau suivant :

	Flore commensale	Flore pathogène
Rôle principal		
Relation avec l'hôte		

5 Comment sont transmis les pathogènes ?

Au début de la séance, l'enseignant a présenté un objet à un élève, à faire circuler dans le groupe classe. Cet objet a été saupoudré d'une poudre fluorescente sous lumière ultraviolette. Les questions sont à répondre par groupe d'élèves.

15 **Observer la quantité et la localisation de la poudre fluorescente dans la salle, sur les élèves, sur les objets.**

16 **Débattre entre vous des objets du quotidien qui peuvent être vecteurs d'espèces microbiennes infectieuses.**

DOCUMENT 8 Les voies d'entrées des micro-organismes

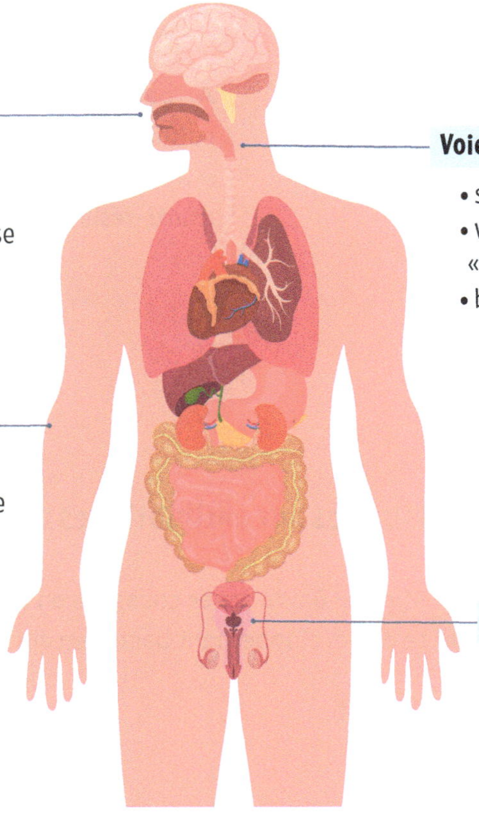

17 **Identifier les points d'accès de micro-organismes infectieux dans le corps humain à l'aide du document 8.**

18 **Identifier les gestes de prévention à adopter en période d'épidémies permettant de limiter la contamination entre personnes.**

19 **Réaliser une affiche récapitulant les voies d'entrées des micro-organismes. Détailler les gestes à adopter pour limiter ces entrées.**

6 Les antibiotiques, est-ce automatique ?

DOCUMENT 9 Antibiotiques, antibiorésistances et BMR

Le mot « antibiotique » vient du grec, où « anti » signifie « contre » et « bios » signifie « la vie ». Il existe deux types principaux d'antibiotiques :

- **antibiotiques bactéricides :** ces antibiotiques tuent directement les bactéries. Par exemple, la pénicilline est un antibiotique bactéricide qui détruit la paroi cellulaire des bactéries, ce qui les fait mourir ;
- **antibiotiques bactériostatiques :** ceux-ci ne tuent pas les bactéries, mais empêchent leur multiplication. Cela permet au système immunitaire de combattre l'infection plus efficacement.

Les antibiotiques sont utilisés pour traiter diverses infections, comme les infections urinaires ou les pneumonies. Cependant, ils n'ont aucun effet sur les virus, comme ceux qui causent le rhume ou la grippe.

DOCUMENT 10 Le phénomène de l'antibiorésistance

CONSULTER LE SITE

https://g5.re/fx2ve

20 **À partir des documents 9 et 10 et de vos connaissances personnelles, définir les termes « antibiotique », « antibiorésistance » et « bactéries multi-résistantes ».**

Activité 3 Comment des résistances aux antibiotiques apparaissent ?

Une étude scientifique célèbre, menée par Michael Baym et ses collègues en 2016, permet de visualiser l'apparition de résistance aux antibiotiques, et la rapidité de développement bactérien qui s'ensuit.

Partie A : La configuration de l'expérience

1. **Disposition :**
   - Une plaque de gélose (milieu nutritif solide) est utilisée, sur laquelle les bactéries peuvent croître.
   - Les concentrations de triméthoprime (antibiotique) augmentent progressivement de gauche à droite.
   - Les bactéries *(E. coli)* sont inoculées des deux côtés de la plaque.
2. **Observation :**
   - La croissance bactérienne est filmée avec une caméra en mode accéléré *(time-lapse imaging)*.

Partie B : Résultats observés après 280 heures

- **Croissance bactérienne :** les bactéries ont commencé à croître aux faibles concentrations de triméthoprime.
- **Adaptation :** avec le temps, certaines bactéries ont développé des mutations leur permettant de survivre et de croître dans des zones contenant des concentrations plus élevées d'antibiotique.
- Les flèches colorées montrent l'évolution des mutations génétiques dans la population bactérienne.

Partie C : Croissance au fil du temps

Les images montrent l'avancée des bactéries depuis le moment de leur inoculation (0 heure) jusqu'à 264 heures.

DOCUMENT 11 Image extraite du *time-lapse*

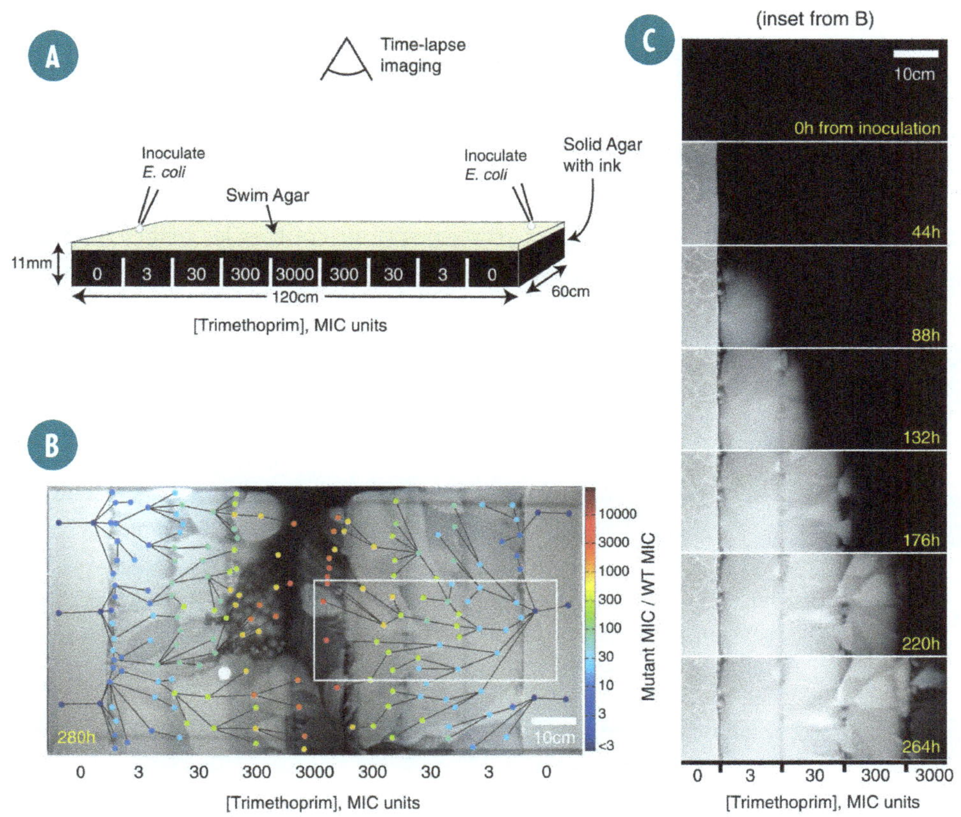

Le *time-lapse imaging* est observable depuis ce ***QR Code***

VISUALISER LA VIDÉO

https://g5.re/f7ar7

21 **Indiquer ce que représente la plaque utilisée dans l'expérience.**

22 **Déterminer où croissent les bactéries au départ. Préciser pour quelle raison.**

23 **Expliquer le passage de 44 à 88 heures. Indiquer si ce phénomène est unique.**

24 **Indiquer dans quelle mesure les bactéries continuent de croître dans les zones à haute concentration en antibiotique.**

25 **Indiquer comment les flèches colorées B aident à comprendre l'évolution des bactéries.**

26 **Expliquer l'importance de limiter l'usage des antiobiotiques en médecine.**

7 Comment les résistances fonctionnent-elles ?

Les bactéries résistantes aux antibiotiques développent plusieurs stratégies pour contrer les effets d'un antibiotique. Le tableau suivant les classes en quatre catégories empruntées au vocabulaire guerrier.

DOCUMENT 12 Les quatre stratégies de la résistance des antibiotiques

Brouillage	Blindage	Camouflage	Esquive
Mécanismes			
Inactiver l'antibiotique et le rendre inoffensif.	Empêcher l'accès de l'antibiotique à sa cible.	Modifier la cible de l'antibiotique et la rendre insensible à son action.	Substituer à la cible une autre molécule non vulnérable.
Exemples			
β-lactamines, aminosides, chloramphénicol, fasfamycine, MLS, nitroimidazoles.	Tétracyclines, macrolides, quinolones.	MLS (macrolides, lincosamides, streptogramines)	Sulfamides, triméthoprime, glycopeptides.

27 **Indiquer, dans le mécanisme de « brouillage », ce que fait l'enzyme bactérienne pour neutraliser l'antibiotique.**

28 **Relever en quoi les porines sont importantes dans la stratégie de « blindage ».**

29 **Présenter comment la bactérie modifie sa cible dans la stratégie de « camouflage ».**

30 **Indiquer ce que la bactérie utilise pour remplacer la cible de l'antibiotique, principalement dans la stratégie d'esquive.**

8 La prévention et le contrôle des infections

DOCUMENT 13 Mesures d'hygiène hospitalière

Les boîtes contact sont des milieux de culture permettant de tester facilement la contamination bactérienne d'une surface.

Une fiche pratique est mise à disposition via le QR Code ci-contre :

CONSULTER LE SITE

https://g5.re/f791n

Activité 4 Expérience de laboratoire : Qu'est-ce que l'hygiène hospitalière ?

31 **Par groupe de deux élèves, réaliser les expériences suivantes :**

- **appliquer une boîte contact sur une surface de peau (main) avant lavage et une boîte après lavage ;**
- **appliquer une boîte contact sur une surface plane minérale (paillasse, téléphone, poignée de porte…) avant nettoyage et une boîte contact après nettoyage.**

32 **Incuber 24 à 48 heures à 30 °C. Observer et interpréter le résultat de la culture.**

Activité 5 Comment surveiller une épidémie ?

CONSULTER LE SITE

https://g5.re/f1qaj

Santé publique France fournit une surveillance épidémiologique constante afin de comprendre et prévenir les épidémies, notamment les infections nosocomiales et les BMR. Le tableau suivant est issu de l'enquête nationale 2017-2022 qui est disponible à cette adresse :

DOCUMENT 14 Prévalence des patients infectés par type de séjour. ENP, France, 2022 et 2017

Type de séjour	2022				2017			
	Patients	Patients Infectés			Patients	Patients Infectés		
	n	n	PPI (%)	IC 95 %	n	n	PPI (%)	IC 95 %
Court séjour	88 642	6 165	7,09	[6,73-7,46]	49 020	3 297	6,21	[5,67-6,81]
Médecine	*54 491*	*3 698*	*6,84*	*[6,49-7,20]*	*28 687*	*1 657*	*5,47*	*[4,84-6,17]*
Chirurgie	*21 100*	*1 619*	*7,83*	*[7,19-8,53]*	*12 974*	*1 067*	*7,57*	*[6,46-8,86]*
Obstétrique	*9 573*	*79*	*0,82*	*[0,63-1,08]*	*5 249*	*41*	*0,75*	*[0,51-1,10]*
Réanimation	*3 478*	*769*	*23,17*	*[21,25-25,22]*	*2 110*	*532*	*24,34*	*[21,66-27,23]*
SMR	33 451	2 144	6,23	[5,87-6,60]	15 979	902	5,34	[4,84-5,88]
SLD	13 373	472	3,64	[3,22-4,11]	7 063	224	3,01	[2,55-3,54]
Psychiatrie	16 208	213	1,13	[0,93-1,37]	8 926	76	1,01	[0,72-1,41]
Total	151 676	8 994	5,71	[5,45-5,99]	80 988	4 499	4,98	[4,62-5,36]

n : nombre. **PPI :** Part des Patients Infectés. **IC 95 % :** Intervalle de Confiance à 95 %. **SMR :** Soins Médicaux et de Réadaptation. **SLD :** Soins de Longue Durée.

Répondre aux questions suivantes par groupe de deux élèves :

33 **Expliquer la différence de pourcentage d'infections nosocomiales entre des soins de type « Court séjour » et des soins « Psychatrie ».**

....

....

34 **Expliquer la différence de pourcentage d'infections nosocomiales entre des soins de type « Médecine » et des soins de type « Obstétrique ».**

....

....

35 **Identifier le sens d'évolution général du pourcentage de personnes infectées par des maladies nosocomiales entre 2017 et 2022. Indiquer les raisons de cette évolution.**

....

....

....

....

JE DÉCOUVRE *un métier*

Le métier de technicien(ne) de laboratoire

Prendre rendez-vous avec un technicien de laboratoire travaillant dans un établissement de santé de votre ville afin qu'il vous présente son métier.

Objectif : présenter le métier de technicien(ne) de laboratoire : tâches, secteurs d'activité, formations, évolutions de carrière.

Durée : 30 minutes.

Outil : guide d'entretien contenant le titre de l'entretien, une consigne de départ, deux thèmes et trois questions minimum par thème.

Présenter le métier de technicien de laboratoire à la classe. Votre présentation sera structurée sous forme de diaporama.

PARTIE BPH

JE MÈNE L'ENQUÊTE...

1. LE BON USAGE DES ANTIBIOTIQUES

L'Institut Pasteur publie une infographie du mécanisme d'apparition de l'antibiorésistance. Cette dernière emprunte à la théorie de l'évolution de Charles Darwin, la sélection naturelle des bactéries sensibles pour favoriser les bactéries résistantes.

DOCUMENT 1 Comment apparaît la résistance aux antibiotiques ?

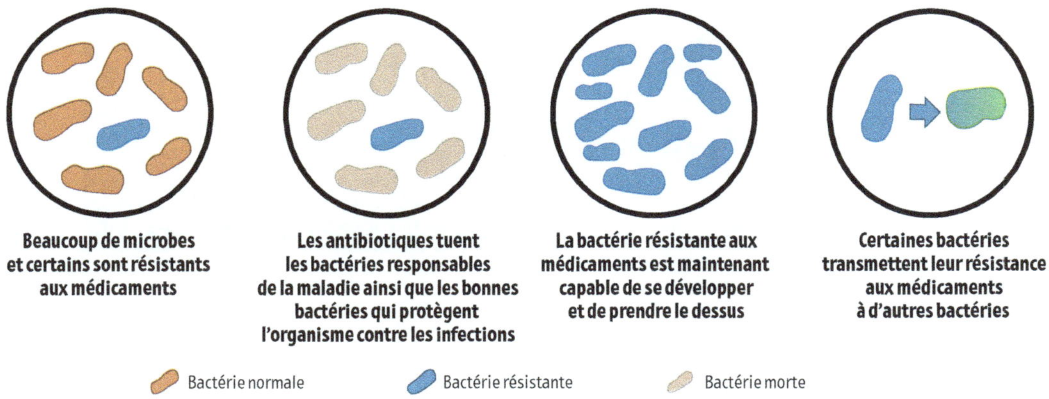

www.pasteur.fr

L'infographie suivante présente la stratégie de soin d'un patient atteint d'une infection bactérienne, par antibiothérapie.

DOCUMENT 2 Exemple d'une stratégie de soins

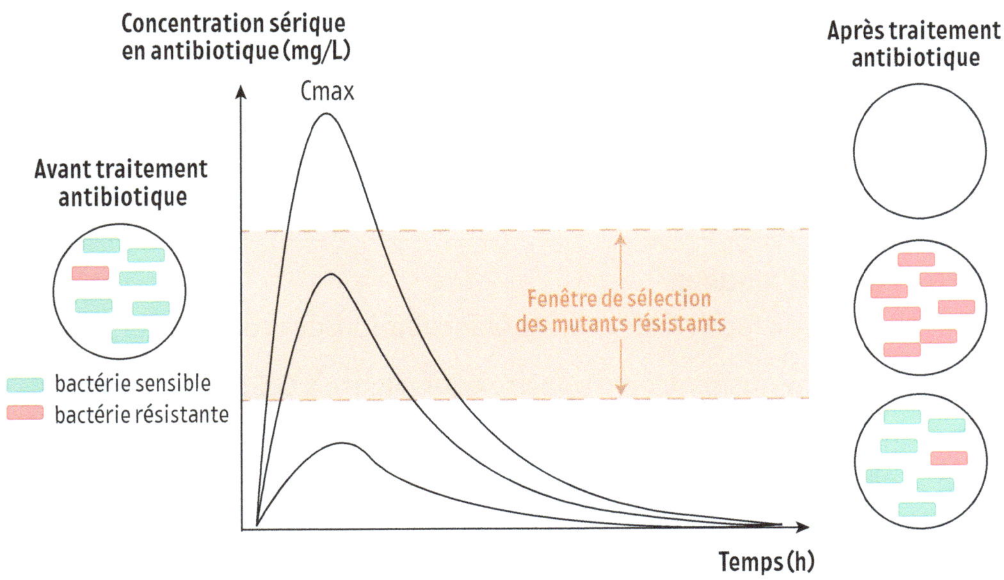

QUESTIONNEMENT

À partir des **documents 1** et **2**, expliquer l'utilité de respecter scrupuleusement une prescription médicale d'antibiotique en continuant la prise de ce médicament même lorsque les symptômes disparaissent.

2. RÔLE DU LABORATOIRE DE MICROBIOLOGIE DANS LA DÉTECTION ET LE SUIVI DES BMR

La photographie suivante présente la culture d'une bactérie en contact avec plusieurs antibiotiques différents (dans les pastilles blanches).

DOCUMENT 3 Culture de bactéries avec tests antibiotiques

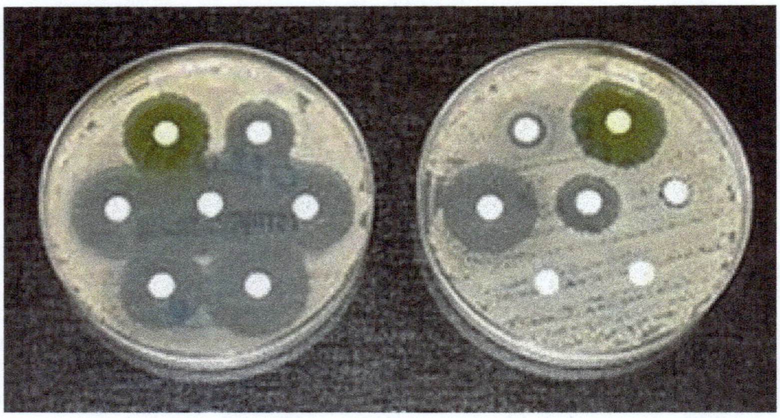

Aide méthodologique « réalisation du protocole »

1. Principe

Des disques pré-imprégnés d'une dose connue d'antibiotique sont déposés à la surface d'un milieu de culture standardisé (milieu Mueller-Hinton), préalablement ensemencé avec une dilution calibrée de la bactérie à tester.

L'antibiotique diffuse à partir du disque en créant un gradient de concentration décroissant (document 3).

Les caractères de sensibilité ou de résistance de la souche bactérienne vis-à-vis des antibiotiques seront déterminés en lien avec la mesure du diamètre de la zone d'inhibition. Ce diamètre permet de donner une estimation de la Concentration Minimale Inhibitrice (CMI).

2. Mode opératoire de la technique

2.1 Préparation de l'inoculum

L'inoculum est calibré de façon à obtenir, après incubation, des colonies confluentes.

- **Réalisation d'une suspension d'opacité équivalente à 0,5 Mac Farland**

Prélever sur une gélose nutritive un nombre de colonies suffisant, afin d'obtenir une opacité équivalente à celle de l'étalon 0,5 Mac Farland (soit environ 10^8 bactéries/millilitre) dans un volume de 5 millilitres d'eau stérile.

- **Ajustement de l'inoculum selon le type de bactéries**

Afin d'obtenir un tapis de colonies jointives, on réalise une dilution au 1/10 de la suspension précédente : on obtient donc une suspension à 10^7 bactéries par millilitre. Cet ajustement est réalisé pour les bactéries à culture facile.

»

La dilution se fera avec de l'EDS ou du bouillon Mueller-Hinton.

2.2. Ensemencement par écouvillonnage

Plonger l'écouvillon stérile dans la suspension ajustée puis le sortir du tube en l'essorant doucement sur les parois. Ensemencer la boîte en frottant l'écouvillon sur toute la surface de la gélose, puis faire pivoter la boîte de 60° et recommencer, faire pivoter une deuxième fois et recommencer, le tout sans recharger l'écouvillon *(voir le schéma ci-dessous)*.

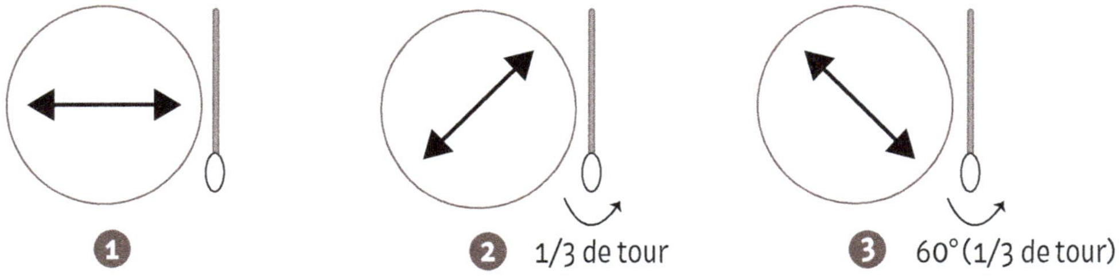

2.3. Dépôt des disques et incubation

- Appliquer les disques à l'aide d'un distributeur ou d'une pince stérile en suivant les plans (ou matrice) à 6 dépôts.
- Incuber 24 heures à 37 °C.

3. Lecture et interprétation des résultats

L'arrêt de la croissance à distance du disque se produit en présence de la concentration minimale inhibitrice de l'antibiotique. La CMI est la plus petite concentration en antibiotique pour laquelle la croissance bactérienne n'est plus visible, *in vitro* (pas de croissance mais 100 % des bactéries survivantes).

La mesure du diamètre de la zone d'inhibition correspond donc à la CMI de l'antibiotique.

QUESTIONNEMENT

- Réaliser le protocole. Observer les résultats et identifier l'antibiotique le plus adapté à combattre l'infection bactérienne étudiée.

SYNTHÈSE

JE FAIS LE POINT SUR LE THÈME « HÔPITAL : IMAGES ET RÉALITÉS »

SYNTHÈSE STSS

ÉTABLISSEMENTS DE SANTÉ

Catégories d'établissements de santé :
centres hospitaliers, centres hospitaliers universitaires, établissements de soins médicaux et de réadaptation...

DES MISSIONS

- Diagnostic, surveillance et traitement des malades, des blessés et des femmes enceintes.
- Actions de prévention et d'éducation à la santé.
- Soins avec ou sans hébergement, sous forme ambulatoire ou à domicile.
- Coordination des soins avec les professionnels de santé exerçant en ville et les services médicosociaux.
- Participation à la formation, à l'enseignement universitaire et post-universitaire, à la recherche et à l'innovation en santé.

DES DROITS POUR LES USAGERS

Droits individuels

- Droit de quitter à tout moment l'établissement.
- Droit à la confidentialité des informations.
- Droit à une information accessible et loyale.
- Droit au consentement libre et éclairé.

Droits collectifs

- Droit d'être représenté.

MAIS L'HÔPITAL EN CRISE

- Difficultés financières.
- Répartition inégale de l'offre de soins.
- Dégradation de l'offre de soins (délais d'attente très longs, reports des rendez-vous, dégradation du lien soignant-soigné...).
- Fermetures de lits.
- Manque de personnel.

SYNTHÈSE BPH

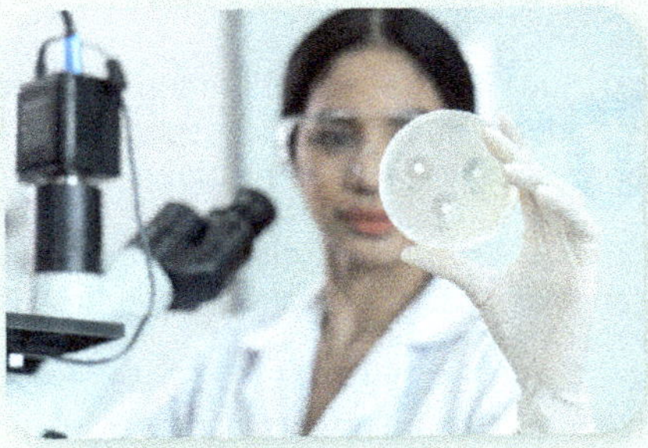

LES INFECTIONS NOSOCOMIALES

Les infections nosocomiales, ou infections contractées à l'hôpital, représentent un enjeu majeur de santé publique. Elles sont principalement causées par des bactéries ou des virus, souvent transmis par contact, par l'air ou via des objets contaminés. Certains patients sont plus vulnérables, notamment ceux dont l'immunité est affaiblie ou qui subissent des interventions invasives.

LES BACTÉRIES RÉSISTANTES

L'utilisation excessive d'antibiotiques favorise l'apparition de bactéries résistantes, rendant les traitements plus difficiles. L'hygiène hospitalière est donc cruciale pour prévenir la propagation de ces infections, et des outils comme les boîtes contact permettent de contrôler la contamination des surfaces.

Santé Publique France surveille ces infections pour mettre en place des mesures de prévention efficaces. Le respect des prescriptions d'antibiotiques est essentiel pour limiter l'émergence de résistances. Enfin, l'antibiogramme est un examen permettant de déterminer l'antibiotique le plus efficace pour traiter une infection bactérienne donnée.

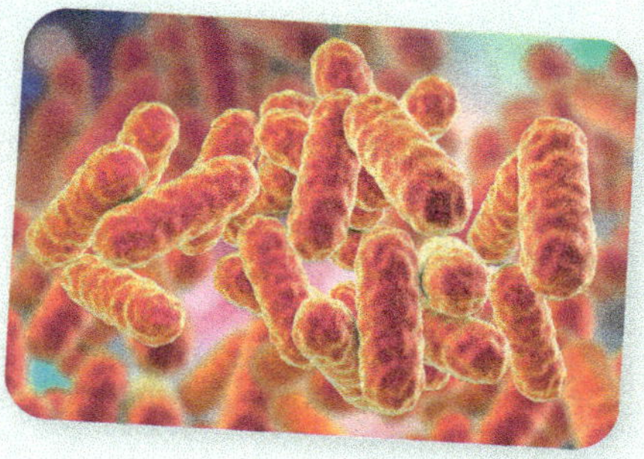

LEXIQUE A Z

- **ANTIBIOPROPHYLAXIE :** utilisation préventive d'antibiotiques pour réduire le risque d'infection, en particulier avant une intervention chirurgicale.
- **ANTIBIORÉSISTANCE :** capacité des bactéries à survivre et se multiplier malgré la présence d'antibiotiques conçus pour les éliminer.
- **ANTIBIOTHÉRAPIE CIBLÉE :** utilisation d'un antibiotique spécifique adapté au pathogène responsable de l'infection, souvent après analyse microbiologique.
- **ANTIBIOTIQUE :** substance utilisée pour tuer ou inhiber la croissance des bactéries, sans effet sur les virus.
- **BACTÉRIES MULTI-RÉSISTANTES (BMR) :** bactéries capables de résister à plusieurs classes d'antibiotiques, rendant leur traitement complexe.
- **BACTÉRIOSTATIQUES :** antibiotiques qui empêchent la multiplication des bactéries, permettant au système immunitaire de les éliminer.
- **COLORATION DE GRAM :** méthode de coloration utilisée pour classer les bactéries en Gram-positives ou Gram-négatives selon leur structure cellulaire.
- **DÉBRIDEMENT CHIRURGICAL :** intervention visant à retirer les tissus infectés, nécrotiques ou endommagés pour favoriser la guérison.
- **DROITS DES USAGERS :** règles destinées à garantir le respect des droits de la personne accueillie ou accompagnée dans un établissement de santé et/ou un établissement médico-social.
- **ÉTABLISSEMENTS DE SANTÉ :** personne morale ayant pour mission de dispenser des soins en hébergeant ou non les patients.
- **FLORE COMMENSALE :** micro-organismes vivant en harmonie avec le corps humain, jouant des rôles protecteurs ou métaboliques.
- **FLORE MICROBIENNE :** ensemble des micro-organismes vivant sur ou dans le corps humain. Elle se divise en flore commensale (bénéfique) et pathogène (potentiellement nuisible).
- **FLORE PATHOGÈNE :** micro-organismes capables de causer des maladies en envahissant les tissus ou en produisant des toxines.
- **HYGIÈNE HOSPITALIÈRE :** ensemble de pratiques destinées à prévenir les infections dans les établissements de santé (lavage des mains, désinfection, etc.).
- **INFECTION NOSOCOMIALE :** infection acquise dans un établissement de santé par un patient ou un professionnel, qui n'était ni présente ni en incubation au moment de l'admission.
- **ISOLEMENT HOSPITALIER :** mesure de prévention visant à isoler un patient infecté pour éviter la transmission des pathogènes aux autres.
- **MUTATION :** modification génétique aléatoire qui peut conférer un avantage sélectif à un organisme, comme la résistance aux antibiotiques.
- **OFFRE DE SOINS :** ensemble des ressources humaines, financières, matérielles répondant à la demande de santé de la population. Par exemple les établissements de santé.
- **PLAQUE DE GÉLOSE :** support nutritif solide utilisé en laboratoire pour cultiver et observer la croissance des micro-organismes.
- **PORINES :** protéines situées dans la membrane externe des bactéries Gram-négatives, permettant le passage de molécules comme les nutriments ou les antibiotiques.
- **PRÉVALENCE :** nombre de cas d'une maladie ou d'un état de santé dans une population donnée à un moment donné.
- **STAPHYLOCOCCUS AUREUS RÉSISTANT À LA MÉTHICILLINE (SARM) :** bactérie résistante aux antibiotiques de la classe des bêta-lactamines, souvent responsable d'infections nosocomiales graves.
- **SYSTÈME DE SANTÉ :** selon l'Organisation Mondiale de la Santé (OMS), le système de santé correspond à « la totalité des organisations, institutions et ressources consacrées à la production d'actions visant principalement à améliorer, maintenir ou restaurer la santé ».
- **TRANSMISSION DES PATHOGÈNES :** processus par lequel des micro-organismes infectieux se propagent entre individus, par contact direct, aérosols, ou objets contaminés.
- **TRIMÉTHOPRIME :** antibiotique utilisé pour traiter certaines infections bactériennes, souvent dans des études sur la résistance bactérienne.

THÈME 2 Pauvreté, logement et santé

QUESTIONNEMENTS

STSS

- Quelles sont les difficultés de logement rencontrées par la population ?
- Quel est l'impact du mal-logement sur la santé ?
- Comment sont accompagnées les personnes sans domicile fixe ?

BPH

- Qu'est-ce qu'un nutriment ?
- Qu'est-ce qu'une carence ?
- À partir de quel niveau de surpoids parle-t-on d'obésité ?
- Quels éléments extérieurs peuvent avoir un effet sur le corps humain ?
- Spécifiquement, quel est l'effet de la pollution de l'air sur l'appareil respiratoire ?

NOTIONS ABORDÉES

• Indicateurs socio-démographiques • Personnes mal logées • Déterminants sociaux de la santé
• Maraudes • Centres d'hébergement • Accompagnement social • Associations
• Aliment et nutriment • Carence, surpoids et obésité • Exposome • Xénobiotique

Contexte

Plus de 100 000 personnes n'ont d'autre toit que l'hébergement d'urgence. Parmi les [personnes] sans domicile qui appellent le 115 pour obtenir de l'aide, plus de 6 000 adultes et enfants restent à la rue, faute de place. Parmi les plus de 300 000 [individus] sans domicile, les plus précaires sont les personnes abritées en urgence, voire laissées sans abri. Au cours de la nuit du 19 août 2024, 111 721 personnes ont dormi dans un hébergement d'urgence en France, selon les statistiques du 115[1], le numéro de téléphone qui centralise les demandes des personnes sans domicile. Parmi elles, 57 % ont été hébergées à l'hôtel. Les autres ont généralement été orientées vers des centres d'hébergement d'urgence. Cette même nuit, 7 408 personnes ont appelé le 115, mais n'ont pas obtenu d'hébergement. Quelques-unes ont refusé la solution proposée par le service d'urgence ou sont finalement restées là où elles étaient, chez un ami par exemple. Mais 6 473 n'ont pas obtenu d'hébergement, faute de places. Parmi elles, 80 % avaient appelé le 115 parce qu'elles dormaient à la rue.

inegalites.fr

[1] « Baromètre des enfants à la rue 2024 », Unicef France et Fédération des acteurs de la solidarité, août 2024.

1 Je découvre

DOCUMENT 1 Maman, on dort où ce soir ?

3 000 enfants se posent cette question, dans notre pays, 7e puissance mondiale. Un chiffre en augmentation de 40 % par rapport à l'an dernier.

Xhevrie a 9 ans. Elle est arrivée d'Albanie avec ses parents et ses deux petits frères, il y a deux ans. *« On dormait sous la tente et quand il pleuvait, l'eau rentrait. La directrice et la maîtresse d'école savaient qu'on n'avait pas de maison. »* On ne lit plus d'inquiétude dans le regard franc de cette petite fille ; mais pas non plus de gaieté, encore moins d'insouciance. Xhevrie reste aux aguets. Aujourd'hui, elle est à l'abri avec sa famille, mais demain ? À 9 ans, elle a tout à fait conscience de la précarité de la situation. À 9 ans, elle a déjà connu la rue et l'évacuation par la police ; l'occupation de son école, puis l'hébergement au gymnase de Bellecombe l'été dernier, et depuis septembre, dans cet Ehpad, situé dans le 3e arrondissement de Lyon. Sa famille est installée dans 3 chambres, au 3e étage.

www.fondation-abbe-pierre.fr[2]

[2] Par un arrêté du 23 janvier 2025, publié au Journal officiel de la République française le 25 janvier, la « Fondation Abbé Pierre » change de nom et devient officiellement la « Fondation pour le logement des défavorisés ».

1 **Indiquer le contraste existant concernant le nombre d'enfants touchés par une situation de mal-logement.**

2 **Après avoir effectué une recherche documentaire sur la notion de « précarité », montrer que la situation de Xhevrie et de sa famille est précaire.**

2 Je m'interroge

1 Le mal-logement : de quoi parle-t-on ?

DOCUMENT 2 **Qu'est-ce qu'être « mal-logé » ?**

Être mal logé, c'est vivre dans des conditions de logement inadéquates, souvent caractérisées par la précarité et l'insécurité. Cela peut inclure :

- **La surpopulation :** lorsque plusieurs familles partagent un espace conçu pour une seule, cela peut entraîner des problèmes d'hygiène, de sécurité et de vie privée.
- **Les logements insalubres :** logement, immeuble, installation qui représente un danger ou risque pour la santé ou la sécurité physique des personnes. [...]
- **L'instabilité résidentielle :** être mal logé peut également signifier devoir changer fréquemment de lieu de vie en raison de l'incapacité à obtenir et maintenir un logement stable. [...]
- **La précarité énergétique :** « est en situation de précarité énergétique [...] une personne qui éprouve dans son logement des difficultés particulières à disposer de la fourniture d'énergie nécessaire à la satisfaction de ses besoins élémentaires en raison de l'inadaptation de ses ressources ou de ses conditions d'habitat ». (Loi du 10 juillet 2010, loi Grenelle 2)
- **Le coût excessif du logement :** des logements coûteux peuvent entraîner la privation de ressources essentielles, telles que le manque de nourriture et l'accès aux soins de santé.

www.lespetitespierres.org

3 Indiquer en quoi le logement contribue au bien-être des individus.

4 Expliquer ce que signifie être « mal-logé ».

5 **Pour chaque situation présentée, indiquer la condition de logement inadéquate rencontrée par l'individu :** *surpopulation, logement insalubre, instabilité résidentielle, précarité énergétique, coût excessif du logement.*

Situation	Condition de logement inadéquate rencontrée par l'individu
Habitat sans chauffage et isolation adéquate	
Deux familles vivent dans un seul logement	
Renoncement aux soins pour financer son logement	
Habitat en mauvais état, infesté de moisissures	
Logement temporaire dans un hôtel	

DOCUMENT 3 Les différentes catégories de personnes « sans domicile » au sens de la statistique publique

Dans le débat public, le terme de « sans domicile fixe » (SDF) renvoie aux personnes qui dorment dans la rue. La statistique publique retient le terme « sans-abri » pour désigner cette population, mais s'intéresse également à une catégorie plus large, celle des « sans domicile » [...], qui recouvre à la fois les personnes sans-abri, c'est-à-dire celles dormant dans la rue ou dans un autre lieu non prévu pour l'habitation (hall d'immeuble, parking, jardin public, gare...), et les personnes mises à l'abri dans le cadre d'un dispositif d'hébergement (en centre collectif, à l'hôtel ou dans un logement ordinaire).

blog.insee.fr

LES PERSONNES SANS DOMICILE

Personnes sans-abri

Personnes dormant à la rue ou dans un autre lieu non prévu pour l'habitation (jardin public, parking, terrain vague, voiture, tente, métro, gare, hall d'immeuble, etc.).

Personnes hébergées

En centre d'hébergement de type généraliste : places d'urgence, de stabilisation et d'insertion soit en centre collectif (internat), soit en logement ordinaire (mode d'hébergement dit « éclaté »).

Dans une chambre d'hôtel financée dans le cadre de la politique d'hébergement (hôtellerie sociale).

En centre d'hébergement spécifique pour demandeurs d'asile, dans le cadre du dispositif national d'accueil.

6 **Comparer la notion de « sans-abri » et de « sans domicile ».**

....

....

....

....

7 **Identifier les dispositifs d'hébergement proposés aux personnes sans domicile.**

....

....

....

....

....

2 Le constat inquiétant du mal-logement

DOCUMENT 4 Le mal-logement en France en 2024

1- Habitat dégradé	2 182 000
Logements inconfortables	1 874 000
Gens du voyage en mauvaises conditions d'habitat	208 000
Habitat de fortune (camping, cabane, etc.)	100 000
2- Logements exigus	1 128 000
3- Absence de logement personnel	1 021 000
Hébergement contraint chez un tiers	643 000
Sans domicile (sans-abri, hébergement d'urgence, etc.)	330 000
Résidence permanente à l'hôtel	25 000
Foyers de migrants en attente	23 000
4- Personnes comptées deux fois	- 175 000
Ensemble	4 156 000

Une partie des sans-abris et des très mal logés échappe aux statistiques. Les personnes qui vivent dans des hôpitaux, des maisons de retraite, des foyers de travailleurs et en prison ne sont pas comptabilisées. La norme de surpeuplement est établie en nombre de pièces et non en termes de superficie. Une personne seule qui vit dans une minuscule pièce au rez-de-chaussée d'une route passante est ainsi considérée comme « bien logée ». Ces données ne prennent pas non plus en compte la pollution et le bruit.

Lecture : en 2024, 1 874 000 personnes vivent dans un logement inconfortable.

Source : rapport 2024 de la Fondation pour le logement des défavorisés[3] – © Observatoire des inégalités.

[3] Par un arrêté du 23 janvier 2025, publié au Journal officiel de la République française le 25 janvier, la « Fondation Abbé Pierre » change de nom et devient officiellement la « Fondation pour le logement des défavorisés ».

8 **Analyser la situation du mal-logement en France en 2024.**

9 **Expliquer pourquoi le niveau de mal-logement persiste alors que la France est un des pays les plus riches du monde.**

10 **Montrer que les indicateurs du mal-logement sont des données relatives.**

DOCUMENT 5 Des trajectoires marquées par la vulnérabilité économique et sociale

La pauvreté des ménages est bien entendu une cause majeure à l'origine des situations d'habitat indigne, de l'obligation d'habiter là, de l'absence de choix. Pour les locataires, c'est la difficulté d'accéder à un logement de qualité, l'impossibilité de présenter les garanties exigées et de supporter le coût du loyer, qui conduit à accepter un logement dégradé, ou une situation de suroccupation. Pour les propriétaires, c'est l'achat d'un logement à bas coût et de piètre qualité, voire en mauvais état, ou situé en copropriété dégradée ; des acquisitions qui se font parfois par défaut, parce qu'on ne peut se loger ailleurs, poussées par le rêve de devenir propriétaire ; c'est aussi l'impossibilité d'assumer les travaux d'entretien, de mise aux normes de confort du logement.

À la situation de pauvreté s'ajoute la plupart du temps une accumulation de difficultés, qui est le fruit de l'histoire des personnes, récente ou plus ancienne, faite de ruptures (séparation, veuvage, perte d'emploi…), de parcours résidentiels accidentés par l'exil ou encore des problèmes de santé physique, psychique ou d'isolement. « Dans 9 cas sur 10, il y a une problématique sociale avérée. » […] Il s'agit bien souvent de personnes qui sont peu visibles. Parmi elles, une forte prédominance de personnes seules, de personnes âgées et de familles monoparentales.

www.fondation-abbe-pierre.fr[4]

[4] Par un arrêté du 23 janvier 2025, publié au Journal officiel de la République française le 25 janvier, la « Fondation Abbé Pierre » change de nom et devient officiellement la « Fondation pour le logement des défavorisés ».

11 **Présenter les causes principales de l'habitat indigne en France aujourd'hui.**

12 **Caractériser le public concerné par l'habitat indigne.**

13 **Montrer que les parcours de vie de ces individus sont souvent faits de ruptures.**

3 Quelles sont les conséquences d'un logement dégradé sur la santé des individus ?

DOCUMENT 6 Logement : y a-t-il péril en demeure ?

VISUALISER LA VIDÉO

https://g5.re/fkdgq

14 Présenter le problème de santé rencontré par le fils de Nadia.

15 Expliquer pourquoi le lien de cause à effet entre le logement dégradé et la pathologie identifiée est complexe.

16 Expliquer ce que signifie « le logement est un déterminant majeur de la santé des populations ».

17 Expliquer dans quelle mesure le logement est vecteur de création et de renforcement du lien social.

18 Définir la notion d'inégalités sociales liées aux conditions de logement.

DOCUMENT 7 Logement dégradé : impacts sur la santé mentale

Publiée en mai 2021 par Santé publique France, l'étude Qualisurv-Habitat auprès de ménages ayant des conditions de logement dégradées a pour objectif de décrire les interactions directes et indirectes entre les conditions de logement dégradées et l'état de santé perçu des personnes. Des entretiens semi-directifs ont été menés auprès de 32 ménages en Île-de-France, Nord-Pas-de-Calais et Provence-Alpes-Côte-d'Azur au domicile des personnes : propriétaires, locataires des parcs privé et social, habitants sans droits ni titres, ménages en milieux rural et urbain, couples avec et sans enfants, personnes seules. [...]

Mme C., qui a connu successivement un départ d'incendie électrique, une chute du plafond et une inondation, exprime le mal-être qu'elle ressent. Les difficultés dans son logement l'ont même amenée à avoir des pensées suicidaires. De même, Mme A. évoque le moment où elle s'est préparé un cocktail de médicaments, angoissée par des relations difficiles avec son propriétaire au sujet de travaux non réalisés et d'une dette de loyer. [...] Les ménages interrogés évoquent le plus souvent le sentiment de honte associé à la vie dans un logement dégradé. Il conduit les personnes à un repli sur elles-mêmes. Elles indiquent ne plus inviter d'amis ou de membres de leur famille afin de ne pas exposer leurs conditions de vie, et refuser les invitations que ces connaissances pourraient leur faire afin de ne pas être redevables d'une invitation qu'elles ne peuvent rendre. Or les familles concernées sont fréquemment des familles monoparentales ; le fait de vivre dans un logement dégradé renforce donc un isolement social déjà important.

www.santepubliquefrance.fr

19 **Relever les différentes conséquences possibles d'usage d'habitat dégradé sur la santé mentale des individus.**

20 **Identifier les conséquences d'un logement dégradé sur le bien-être social des individus.**

21 **Expliquer pourquoi un logement dégradé peut entraîner un sentiment de honte chez les individus y logeant.**

4 Quel accompagnement pour les personnes sans domicile fixe ?

DOCUMENT 8 Les maraudes alimentaires

Le principe des maraudes est d'aller à la rencontre des personnes directement dans la rue afin de leur proposer sans contrepartie principalement des denrées alimentaires (soupe, café, thé, sandwichs, repas), des produits d'hygiène et des « textiles » (sacs à dos, duvets, etc.). Les maraudes sont le plus souvent organisées par les associations. [...] Ce sont des unités mobiles (pédestres, en voiture, camion, etc.) composées d'un groupe de quelques personnes qui se déplacent de jour ou de nuit, plusieurs fois par semaine, pour venir apporter une aide de première nécessité et un lien social aux personnes en situation d'extrême précarité. La proposition d'une aide matérielle est également une façon pour les équipes de rentrer en contact avec les personnes en grande exclusion. Ces temps d'échange permettent de leur proposer d'autres formes d'accompagnement, telles que l'accès aux soins, l'accès aux droits, une mise à l'abri.

solidarites.gouv.fr

22 **Identifier le public ciblé par les maraudes alimentaires.**

23 Présenter le fonctionnement des maraudes alimentaires : objectifs, temporalité des interventions, produits distribués.

24 Démontrer dans quelle mesure les maraudes alimentaires agissent spécifiquement dans une situation dite « urgente ».

25 Indiquer dans quelle mesure les maraudes alimentaires permettent de maintenir un lien social.

DOCUMENT 9 Le Refuge, centre d'hébergement d'urgence et d'insertion

Le Refuge, c'est 360 places d'hébergement ouvertes 24 h/24 tous les jours de l'année :

- 100 places de Service d'Urgence (dont 28 en accès direct) ;
- 200 places de Service d'Insertion et d'Hébergement ;
- 60 places mobilisables en cas d'urgence exceptionnelle.

C'est un hébergement en chambre individuelle ou double, ou en petites unités de vie (4 à 8 personnes). C'est un accès à l'hygiène amélioré (espaces sanitaires, laverie). C'est un accès à la santé et au mieux-être renforcé (infirmerie, médecins bénévoles).

www.miedepain.asso.fr

26 À l'aide du document 9, montrer que les centres d'hébergement d'urgence et d'insertion visent à accompagner dans l'urgence les personnes sans abri.

27 Expliquer pourquoi l'on parle d'hébergement et non de logement dans ce cas précis.

DOCUMENT 10 Accompagnement vers le logement par une Conseillère en Économie Sociale et Familiale

« Monsieur Martin a été orienté vers le GIP HIS (Groupement d'intérêt public Habitat et Interventions sociales) par la préfecture de Paris dans le cadre de son DALO[5]. Son dossier présentait plusieurs freins au relogement et nous avons mis en place un accompagnement renforcé. J'ai notamment régularisé sa situation vis-à-vis des impôts, mis à jour sa DLS[6], ouvert ses droits à la CMU[7], mis en place une domiciliation administrative. Étant donné sa situation, il a intégré le protocole Logement d'Abord, destiné aux personnes sans logement ou hébergées par des tiers et qui cumulent des vulnérabilités. Il bénéficie dans ce cadre d'un accompagnement sans durée prédéfinie. [...] Il n'a jamais été locataire en titre, il n'a par conséquent pas appris à être autonome dans un logement, à gérer un budget, et je vais l'accompagner tant qu'il aura besoin d'aide. » [...]

www.giphabitat.org

[5] Droit Au Logement Opposable.

[6] Demande de Logement Social.

[7] Complémentaire Santé Solidaire, anciennement Couverture Maladie Universelle.

28 **Présenter l'accompagnement social proposé à M. Martin par la conseillère en économie sociale et familiale du Groupement d'Intérêt Public Habitat et Interventions sociales.**

....

....

....

....

29 **Indiquer en quoi l'accompagnement de M. Martin est considéré comme un accompagnement social dans la durée.**

....

....

JE DÉCOUVRE *un métier*

Conseiller(ère) en économie sociale et familiale

Prendre rendez-vous avec un(e) conseiller(ère) en économie sociale et familiale d'une structure sociale de votre ville.

Objectif : Présenter le métier de conseiller(ère) en économie sociale et familiale et connaître l'avis d'un travailleur social sur les critères de décence des logements.

Durée : 30 minutes.

Outil : guide d'entretien contenant le titre de l'entretien, une consigne de départ, deux thèmes, trois questions par thème.

Présenter le métier de conseiller(ère) en économie sociale et familiale. Votre présentation sera structurée sous forme de diaporama.

JE MÈNE L'ENQUÊTE...

COMMENT SAVOIR SI UN LOGEMENT EST DÉCENT ?

Vous travaillez au sein de la CAF de votre département où vous exercez un poste d'assistant(e) social(e). Votre chef de service vous demande de visiter une famille qui se plaint de l'humidité dans son logement. Une fois sur place, vous avez comme mission de constater les faits et de déterminer si le logement de la famille est un logement décent ou non. Une seule pièce sera observée : la salle à manger. Pour cela, vous devez concevoir et réaliser une grille d'observation.

Aide méthodologique à la conception et réalisation d'une grille d'observation

La grille d'observation est un outil permettant de recueillir des informations pertinentes en lien avec l'objet recherché.

LE TEMPS DE LA CONCEPTION DE LA GRILLE AU BROUILLON

Quel est l'objectif de l'observation ?

Quelle est l'hypothèse de départ ?

Quels sont la date, l'heure et le lieu prévus pour cette observation ?

Combien d'éléments vont être observés ?

Quels sont les indicateurs d'observation ?

LE TEMPS DE LA MISE EN FORME DE LA GRILLE

Quelle forme sera donnée à la grille d'observation (tableau, fiche...) ?

LE TEMPS DE LA RÉALISATION

Réalisation de l'observation

1 Je découvre

DOCUMENT 1 Les Macronutriments et Micronutriments, essentiels pour notre corps

Notre corps a besoin de nutriments pour fonctionner correctement. Ces nutriments, composant les aliments que nous mangeons, se divisent en deux grandes catégories : les macronutriments et les micronutriments.

Les Macronutriments :

Ce sont les nutriments que nous consommons en grande quantité pour fournir de l'énergie et construire notre corps.

- Glucides : ils apportent de l'énergie rapide *(ex. : pain, pâtes).*
- Protéines : elles sont nécessaires à la construction et à la réparation des tissus *(ex. : viande, œufs).*
- Lipides : ils fournissent de l'énergie à long terme et aident à absorber certaines vitamines *(ex. : huile, beurre).*

Les Micronutriments

Ce sont des nutriments dont notre corps a besoin en petite quantité, mais ils sont indispensables pour rester en bonne santé.

- Vitamines : elles soutiennent des fonctions spécifiques comme la vision (vitamine A) ou l'immunité (vitamine C).
- Minéraux : comme le calcium pour les os et le fer pour le sang.

Un équilibre entre ces nutriments est essentiel pour une alimentation saine et un corps en bonne santé.

Le site internet « open food facts » recense de nombreuses informations sur les produits alimentaires vendus en France.

CONSULTER LE SITE
https://g5.re/f1h6r

1 **Rédiger, après consultation du QR Code présent dans le document 1, les menus équilibrés des repas suivants : petit-déjeuner, déjeuner, dîner.**

	Petit-déjeuner	Déjeuner	Dîner
Menu			

2 **Relever, toujours à partir du document 1, la quantité de glucides, de protéines et de lipides consommés pour les repas choisis en question n° 1.**

....

....

....

....

2 Je m'interroge

1 Qu'est-ce qu'une nutrition standard ?

DOCUMENT 2 Quelles quantités nécessaires pour un adulte ?

Les quantités moyennes recommandées par jour pour un adulte en bonne santé (valeurs approximatives, pouvant varier selon l'âge, le sexe et l'activité physique) sont les suivantes :

- **Glucides :**
  - quantité recommandée : 260 à 300 g par jour ;
  - cela correspond à environ 45-65 % de l'apport énergétique total.
- **Protéines :**
  - quantité recommandée : 50 à 70 g par jour ;
  - cela représente environ 10-20 % de l'apport énergétique total.
- **Lipides :**
  - quantité recommandée : 70 à 90 g par jour ;
  - cela correspond à environ 20-35 % de l'apport énergétique total.

Organisation mondiale de la Santé

Activité 1 Expérience en laboratoire : tests d'identification de nutriments

3 Effectuer les étapes suivantes afin de réaliser le test des glucides réducteurs :

Étape 1 : préparer plusieurs solutions d'aliments à tester (jus de fruits, lait, etc.).

Étape 2 : mélanger dans les tubes à essai chaque solution avec la liqueur de Fehling.

Étape 3 : chauffer les tubes au bain-marie.

Étape 4 : observer la formation d'un précipité rouge brique, indiquant la présence de glucides réducteurs.

4 Effectuer les étapes suivantes afin de réaliser le test des lipides (tache de graisse) :

Étape 1 : déposer une goutte de chaque aliment à tester sur du papier absorbant (type Sopalin).

Étape 2 : laisser sécher.

Étape 3 : observer la formation d'une tache translucide persistante, révélant la présence de lipides.

5 Effectuer les étapes suivantes afin de réaliser le test des protéines (réaction du biuret) :

Étape 1 : mélanger dans des tubes à essai les solutions d'aliments avec la soude.

Étape 2 : ajouter quelques gouttes de sulfate de cuivre dilué.

Étape 3 : agiter et observer l'apparition d'une coloration violette, indiquant la présence de protéines.

6 Comparer les différentes valeurs à celles calculées à la question n° 2.

DOCUMENT 3 Les différentes classes d'IMC

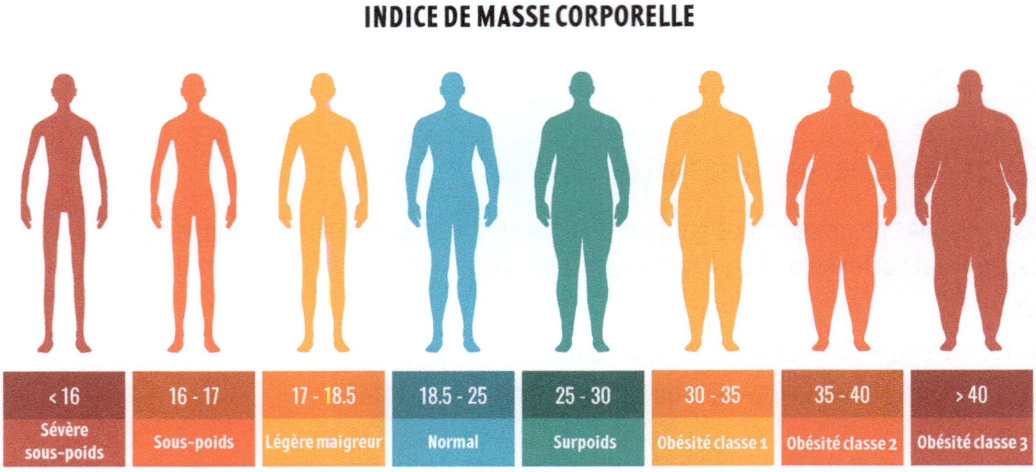

- L'IMC est basé sur le poids d'une personne, qui résulte de l'équilibre entre les calories consommées (alimentation) et les calories dépensées (métabolisme, activité physique, etc.).
- Si une personne consomme plus de calories qu'elle n'en dépense, son poids augmente, ce qui fait monter son IMC.
- Si elle consomme moins de calories qu'elle n'en dépense, son poids diminue, réduisant son IMC.

Les besoins caloriques varient en fonction de :

- l'âge, le sexe et la taille ;
- le niveau d'activité physique ;
- le métabolisme basal, qui dépend en partie de la masse corporelle et de la composition corporelle.

Pour maintenir un IMC stable, il est recommandé de consommer un nombre de calories approximativement équivalent à ses besoins énergétiques quotidiens. Voici une estimation pour un adulte moyen :

- femme adulte : 1 800 à 2 200 kcal/jour ;
- homme adulte : 2 000 à 2 500 kcal/jour.

Afin de maintenir un état de forme optimal, il convient :

- **pour un IMC trop élevé** (surpoids ou obésité) : réduire les apports caloriques (tout en restant au-dessus de 1 200-1 500 kcal/jour pour éviter les carences) et augmenter l'activité physique ;
- **pour un IMC trop faible** (sous-poids) : augmenter les apports caloriques de manière équilibrée avec des aliments riches en nutriments.

d'après www.ameli.fr et www.who.int

DOCUMENT 4 Le calcul de l'IMC

L'IMC, pour Indice de Masse Corporelle, est un outil utilisé pour évaluer si le poids d'une personne est adapté à sa taille. Il se calcule avec la formule suivante :

$$IMC = \frac{Poids\,(kg)}{Taille^2\,(m^2)}$$

POUR ALLER + LOIN

Se poser des questions sur l'IMC

CONSULTER LE SITE

https://g5.re/f8a5g

7 **Réaliser le calcul des IMC des personnes 1, 2 et 3, puis les classer dans les catégories du document 3.**

Individu	Taille (m)	Poids (kg)	IMC (kg.m^{-2})	Classe d'IMC
Personne 1	1,75	67,4		
Personne 2	1,90	115,5		
Personne 3	1,80	52		

2 Qu'est-ce qu'une carence nutritionnelle ?

Activité 2 Étude de cas : identifier les carences

- Lucas, 17 ans, est un sportif qui pratique intensivement la course à pied. Il se sent essoufflé plus vite qu'avant, a des maux de tête fréquents et une peau pâle. Son médecin soupçonne une carence liée à une alimentation insuffisante en viandes rouges, légumes verts ou légumineuses.
- Chloé, 15 ans, a récemment décidé de devenir végétarienne, mais elle ne compense pas suffisamment son apport avec d'autres aliments (légumineuses, œufs, produits laitiers). Elle a perdu du poids, se sent faible et ses cheveux sont devenus plus fins. Ses muscles semblent également moins toniques.
- Léo, 16 ans, est un adolescent qui consomme très peu de fruits et légumes frais. Il mange principalement des plats industriels. Depuis quelques semaines, il ressent une fatigue inhabituelle, remarque des petites hémorragies au niveau des gencives lorsqu'il se brosse les dents, et il a des bleus qui apparaissent facilement.

8 **Identifier, à l'aide de vos connaissances, le type de nutriments manquants dans chaque étude de cas proposée précédemment.**

....

....

....

....

....

....

3 Réponse de l'organisme à l'exposome

DOCUMENT 5 Exposome et levures

L'exposome est l'ensemble des facteurs environnementaux impactant un organisme (tabac, pollution des voitures thermiques, alcool...).

Des expériences ont été réalisées pour mettre en évidence ces impacts. Le lien suivant présente une étude révélant la modification de certaines caractéristiques sur des levures.

CONSULTER LE SITE

https://g5.re/f9qey

En groupe, étudier le document 5 puis répondre aux questions suivantes.

9 **Définir les différentes couleurs observées sur les colonies de levures. Préciser ce que cela nous apprend sur la diversité de leurs caractéristiques visibles.**

10 **Déterminer si la présence de molécules dans l'environnement peut influencer la couleur des levures.**

11 **Indiquer comment la génétique des levures interagit avec les facteurs environnementaux (comme l'alimentation ou les conditions de croissance) pour créer une variabilité dans la couleur des colonies.**

12 **Expliquer comment la variabilité génétique, influencée par les facteurs environnementaux et le mode de vie, aide les levures à s'adapter et à évoluer dans le milieu sur le long terme.**

13 **Dans notre cas, les levures servent d'exemples à la compréhension de phénomènes sur la santé humaine. Énoncer les phénomènes qui peuvent influencer les caractéristiques d'un individu humain.**

4 Lien entre santé et xénobiotique

DOCUMENT 6 Définition d'un xénobiotique

Un xénobiotique est une substance étrangère à l'organisme, c'est-à-dire une substance qui n'est pas produite naturellement par le corps humain ou présente naturellement dans son environnement immédiat. Ces substances peuvent inclure :

- les médicaments : comme les antibiotiques ou les antalgiques ;
- les pesticides utilisés en agriculture ;
- les polluants industriels : comme les métaux lourds ou les hydrocarbures ;
- certains additifs alimentaires : présents dans les produits transformés.

Les xénobiotiques peuvent être inoffensifs ou, au contraire, toxiques selon leur nature, leur dose, et leur durée d'exposition.

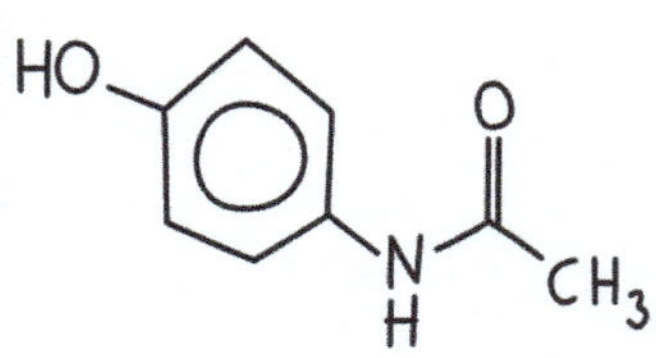

Paracétamol $C_8H_9NO_2$

Activité 3 Expérience en laboratoire : étude de la bioaccumulation d'un polluant dans un modèle cellulaire simplifié

Objectif : observer et comprendre le phénomène de bioaccumulation d'un polluant dans un modèle cellulaire.

Matériel nécessaire :

- béchers ;
- eau ;
- colorant alimentaire (simulant un polluant) ;
- œufs crus (modèle cellulaire simplifié) ;
- vinaigre blanc ;
- chronomètre.

Protocole :

1. Préparer trois solutions dans des béchers :
   - **solution A :** eau pure ;
   - **solution B :** eau + quelques gouttes de colorant alimentaire ;
   - **solution C :** eau + colorant alimentaire + vinaigre blanc.
2. Placer un œuf cru dans chaque bécher et noter l'heure de début.
3. Observer et noter les changements toutes les 15 minutes pendant 1 heure.
4. Après 1 heure, retirer délicatement les œufs et les couper en deux.
5. Observer et comparer l'intérieur des œufs.

Analyse :

14 Comparer l'apparence des œufs dans les différentes solutions.

....

....

....

15 Expliquer les différences observées en termes de pénétration du colorant.

....

....

....

16 Discuter du rôle du vinaigre dans la solution C.

....

....

....

17 Faire le lien entre cette expérience et le concept de bioaccumulation des polluants dans les cellules.

....

....

....

Activité 4 Activité en salle banalisée

Par groupe de 2 à 3 élèves, réaliser une recherche documentaire afin de déterminer les étapes du devenir d'un xénobiotique dans le corps humain :

1. Absorption
2. Distribution
3. Métabolisme
4. Stockage
5. Élimination

Créer ensuite une affiche avec le support de votre choix mettant en évidence le résultat de votre expérience.

Au besoin, voici quelques exemples de xénobiotiques :

- paracétamol (médicament analgésique) ;
- diclofénac (anti-inflammatoire) ;
- amiodarone (médicament pour le cœur) ;
- pesticides (ex. : glyphosate) ;
- dioxines (polluants organiques persistants) ;
- polychlorobiphényles (PCB) ;
- phtalates (plastifiants) ;
- antibiotiques ;
- nicotine (présente dans la cigarette) ;
- alcool (éthanol) ;
- métaux lourds (ex. : plomb, mercure) ;
- additifs alimentaires synthétiques.

PARTIE BPH

JE MÈNE L'ENQUÊTE…

EXEMPLE D'IMPACT DE LA POLLUTION SUR L'APPAREIL RESPIRATOIRE

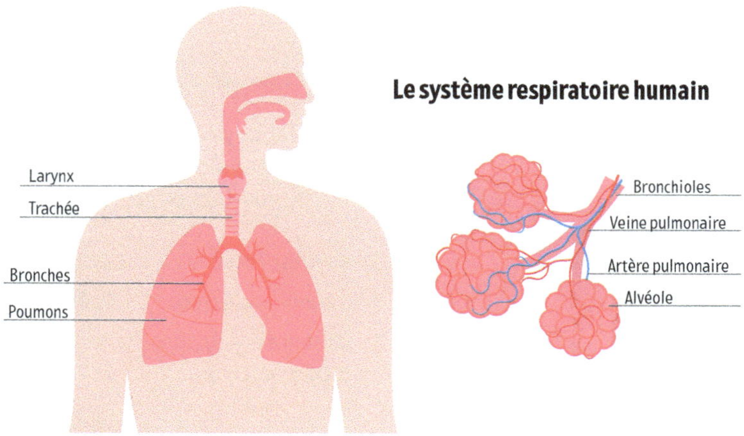

Bien que de nombreuses expositions à la pollution peuvent être choisies ou même modérées en fonction du mode de vie, l'exposition sur le système respiratoire n'est fonction que du lieu de résidence. De nombreux pays du monde sont soumis à une pollution atmosphérique rendant la qualité de l'air dégradée, au point d'exposer leur population à des pathologies. La pollution de l'air intérieur peut également être en cause.

L'Organisation Mondiale de la Santé

Vous pouvez accéder à une présentation de l'appareil respiratoire, consultable par le QR Code suivant :

VISUALISER LA VIDÉO

https://g5.re/frk6s

Le site sante.gouv.fr publie un dossier sur les principaux polluants de l'air et leur impact sur l'appareil respiratoire et le corps humain de manière générale, que vous pouvez consulter par le QR Code suivant :

CONSULTER LE SITE

https://g5.re/fjgxf

QUESTIONNEMENT

1. Prendre des notes au cours du visionnage de la vidéo et rappeler :
   – les principaux organes composant l'appareil respiratoire ;
   – la première fonction de cet appareil.
2. Indiquer les principaux types de polluants atmosphériques mentionnés dans l'article.
3. Citer trois sources majeures de pollution atmosphérique d'origine humaine.
4. Relever les effets à court terme de l'exposition à la pollution de l'air sur la santé de l'individu.
5. Expliquer pourquoi les particules fines sont considérées comme particulièrement dangereuses pour la santé.
6. Relever l'impact estimé de la pollution de l'air sur la mortalité en France.
7. Indiquer dans quelle mesure le trafic routier contribue à la pollution atmosphérique.
8. Relever les risques sanitaires associés à la proximité des grands axes routiers.
9. Expliquer pourquoi le chauffage au bois est considéré comme une source importante de pollution de l'air en France.

SYNTHÈSE

JE FAIS LE POINT SUR LE THÈME « PAUVRETÉ, LOGEMENT, SANTÉ »

SYNTHÈSE STSS

PAUVRETÉ, LOGEMENT, SANTÉ

Quelles sont les difficultés de logement rencontrées par la population ?

- Mal-logement (habitat dégradé, logement exigu...)
- Sans-abrisme
- Précarité dans le logement

Je teste mes connaissances

QUIZ GENIALLY

https://g5.re/fxk7q

Combien de personnes sont concernées par une situation de mal-logement ?

- Habitat dégradé : 2 182 000
- Logements exigus : 1 128 000
- Absence de logement personnel : 1 021 000

Rapport 2024, Fondation pour le logement des défavorisés

Quel est l'impact du mal-logement sur la santé des individus ?

- *Santé physique :* maladies infectieuses, asthme...
- *Santé mentale :* bien-être émotionnel...
- *Santé sociale :* rupture des liens sociaux...

Comment sont accompagnées les personnes sans-domicile fixe ?

- Accompagnement dans l'urgence : maraudes, associations, centres d'hébergement d'urgence...
- Accompagnement dans la durée : associations, travailleurs sociaux...

Qui sont les personnes particulièrement concernées par les difficultés d'accès au logement ?

- Personnes en situation de pauvreté
- Parcours de vie accidentés : divorce, veuvage, perte d'emploi

SYNTHÈSE
BPH

LA MALNUTRITION

La santé est influencée par ce que l'on mange et par notre environnement.
Une alimentation équilibrée, avec des quantités adéquates de nutriments essentiels (glucides, lipides, protéines, vitamines, minéraux), est primordiale.

La malnutrition survient en cas de carences ou d'excès de ces nutriments, pouvant entraîner des problèmes de santé.

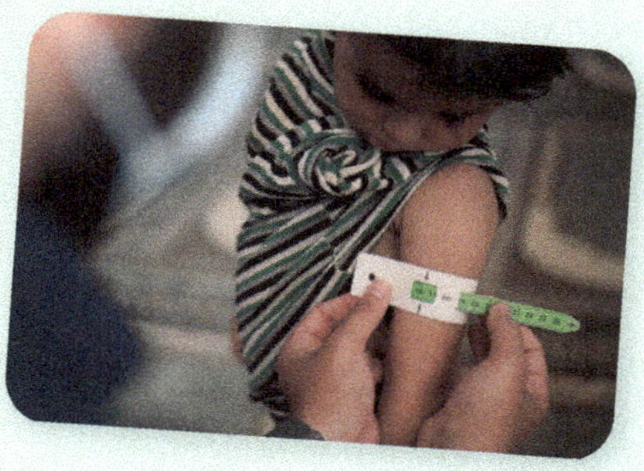

FACTEURS ENVIRONNEMENTAUX (EXPOSOME)

Les facteurs environnementaux (chimiques, physiques, biologiques) auxquels nous sommes exposés tout au long de notre vie et qui impactent notre santé constituent l'« Exposome ».

Ces facteurs, comme les polluants, peuvent être nocifs et aggraver certaines pathologies, notamment respiratoires.

Enfin, il est important de souligner que les difficultés sociales, comme la pauvreté et le logement précaire, peuvent engendrer des problèmes de santé.

LEXIQUE A Z

- **ACCOMPAGNEMENT SOCIAL :** mode d'intervention social qui consiste en l'accompagnement d'un individu dans une relation généralement individuelle.
- **ASSOCIATION :** groupement d'individus volontaires mettant en place des projets autour d'un objectif commun.
- **CENTRE D'HÉBERGEMENT D'URGENCE :** structure d'hébergement permettant une mise à l'abri immédiate d'un individu sans-abri.
- **INDICATEURS SOCIO-ÉCONOMIQUES :** données statistiques permettant de mesurer les dimensions de l'activité socio-économique comme le taux de chômage, la catégorie socio-professionnelle d'un groupe d'individus, la taille d'un ménage, le niveau d'instruction d'un groupe d'individus...
- **PAUVRETÉ :** situation d'un individu dont les ressources financières ne permettent pas de répondre à ses besoins comme se nourrir, se loger, se vêtir...

ALIMENTATION ET LABORATOIRE

- **GLUCIDES RÉDUCTEURS :** glucides capables de réduire les ions métalliques en milieu alcalin, détectés par des tests chimiques. *Exemple : liqueur de Fehling.*
- **LIPIDES :** catégorie de molécules organiques (graisses) utilisées pour l'énergie à long terme et le stockage dans l'organisme.
- **RÉACTION DU BIURET :** test chimique utilisé pour détecter la présence de protéines en solution.

EXPOSOME ET SANTÉ ENVIRONNEMENTALE

- **BIOACCUMULATION :** accumulation progressive de substances chimiques dans les organismes vivants, souvent dans les tissus graisseux.
- **EXPOSOME :** ensemble des expositions environnementales (chimiques, physiques, biologiques) auxquelles un individu est soumis tout au long de sa vie.
- **XÉNOBIOTIQUES :** substances étrangères à l'organisme, d'origine naturelle ou synthétique. *Exemples : médicaments, pesticides, polluants.*

NUTRITION ET MALNUTRITION

- **CARENCE NUTRITIONNELLE :** absence ou insuffisance d'un ou plusieurs nutriment(s) essentiel(s) dans l'alimentation, pouvant entraîner des troubles de santé.
- **INDICE DE MASSE CORPORELLE (IMC) :** mesure utilisée pour évaluer si le poids est adapté à la taille.
- **MACRONUTRIMENTS :** nutriments consommés en grandes quantités qui fournissent de l'énergie et soutiennent les fonctions corporelles principales. *Exemples : glucides, lipides, protéines.*
- **MICRONUTRIMENTS :** nutriments essentiels nécessaires en petites quantités pour les fonctions spécifiques du corps. *Exemples : vitamines et minéraux.*
- **OBÉSITÉ :** accumulation excessive ou anormale de graisse corporelle, définie par un IMC supérieur à 30.
- **SOUS-POIDS :** insuffisance pondérale, manque de poids défini par un IMC inférieur à 18,5.
- **SURPOIDS :** excès de poids défini par un IMC entre 25 et 29,9.

PATHOLOGIES LIÉES À LA NUTRITION

- **ANÉMIE :** réduction de la concentration d'hémoglobine dans le sang, souvent causée par une carence en fer ou en vitamine B12.
- **SCORBUT :** maladie causée par une carence sévère en vitamine C, caractérisée par une faiblesse, des hémorragies et des saignements des gencives.

POLLUTION ATMOSPHÉRIQUE ET APPAREIL RESPIRATOIRE

- **MÉTAUX LOURDS :** éléments métalliques toxiques pour l'organisme *(exemples : plomb, mercure)*, souvent issus de l'industrie ou des activités humaines.
- **PARTICULES FINES :** microscopiques particules en suspension dans l'air, particulièrement dangereuses car elles pénètrent profondément dans les voies respiratoires et la circulation sanguine.
- **POLLUANTS ATMOSPHÉRIQUES :** substances nocives présentes dans l'air, comme les particules fines, l'ozone, les oxydes d'azote, et les hydrocarbures.

THÈME 3A Âges extrêmes de la vie : prématurité, définition et prise en charge

QUESTIONNEMENTS

STSS

- Qu'est-ce que la prématurité ?
- Quels sont les principaux défis dans la prise en charge des nouveau-nés prématurés ?

BPH

- Quelle surveillance, quelle hygiène de vie lors de la grossesse pour assurer la santé de la mère et de l'enfant ?

NOTIONS ABORDÉES

- Prématurité • Classification des degrés de prématurité • Indicateurs de la santé périnatale
- Enquête à partir d'une méthodologie de type qualitative • Surveillance prénatale • Amniocentèse
- Syndrome d'alcoolisation fœtale • Toxoplasmose

Contexte

Toutes les dix minutes, un enfant naît de façon prématurée en France. La prématurité est bel et bien un enjeu de santé publique. Pour améliorer sa prise en charge, des actions sont nécessaires au niveau de la pratique clinique et de la recherche médicale, qui tente de répondre aux besoins des cliniciens. Mais il faut aussi prendre en compte les aspects psychosociaux de la prématurité, en particulier en matière de prévention en amont de la grossesse et sur le suivi à long terme de ces enfants nés trop tôt. Cliniciens et chercheurs de l'Inserm sont donc à pied d'œuvre pour faire progresser les connaissances et la prise en charge de la prématurité.

www.inserm.fr

1 Je découvre

DOCUMENT 1 **Qu'est-ce que la prématurité ?**

ÉCOUTER LE PODCAST

https://g5.re/fk7hk

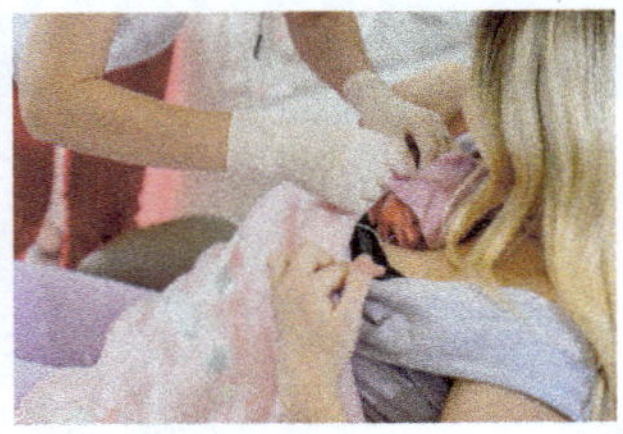

La Minute Néonat, « Bébés prématurés : De quoi parle-t-on ? »

Après l'écoute du podcast consultable en document 1, répondre en binôme aux questions suivantes :

1. **Donner une définition précise de la prématurité.**

2. **Citer les trois niveaux de classification des degrés de prématurité décrits par le docteur Véronique Brévaut-Malaty, pédiatre néonatologue.**

3. **Énoncer les principales catégories de prématurité et expliquer comment elles se différencient.**

4. **Relever les points de vulnérabilité des nouveau-nés prématurés à la naissance, énoncés par le docteur Véronique Brévaut-Malaty.**

2 Je m'interroge

1 Quelles sont les données chiffrées associées à la prématurité et quels sont les principaux facteurs de risque associés à la prématurité ? Quelle prise en charge de la prématurité aujourd'hui ?

DOCUMENT 2 INSERM Prématurité : des bébés qui arrivent trop tôt

55 000 naissances
par an en France, dont
15 % de grands et
5 % de très grands
prématurés

- Cerveau
- Poumons
- Tube digestif
- Système immunitaire

sont particulièrement sensibles ou immatures

Le soutien au développement cérébral et l'accompagnement des parents sont
déterminants dans le devenir de ces enfants.

www.inserm.fr

Après consultation du document 2 et de recherches personnelles, répondre individuellement aux questions suivantes :

5. Indiquer le nombre de naissances prématurées enregistrées chaque année en France et la tendance observée.

6. Énoncer à partir de combien de semaines de grossesse nous pouvons parler de très grande prématurité.

7. Indiquer pourquoi la durée de grossesse est si importante pour le développement du fœtus.

8. Relever les facteurs qui peuvent contribuer à une naissance prématurée.

9 Présenter succinctement les risques, à court et long termes, associés à une naissance prématurée.

10 Présenter les principales interventions des équipes médicales lors des premières semaines de vie auprès des grands prématurés.

11 Énoncer les principales modalités d'accompagnement des nouveau-nés et de leurs parents dans le parcours de soin. Justifier pourquoi nous parlons de vulnérabilité parentale dans la prématurité.

DOCUMENT 3 DREES : indicateurs de santé périnatale 5 juin 2024

FICHIER EXCEL

https://g5.re/gyjfc

À partir d'une lecture attentive des données fournies dans le document 3, répondre individuellement aux questions suivantes :

12 Indiquer le taux le plus élevé de naissances vivantes des nouveau-nés prématurés nés avant 28 semaines d'aménorrhée en 2022 en Métropole et dans les DROM-COM. Indiquer vos remarques concernant les différences entre les régions, puis justifier les raisons de ces variations.

13 **Relever et comparer le taux de naissance des nouveau-nés à 36 semaines d'aménorrhées entre 2018 et 2022 de votre propre région. Que constatez-vous ?**

2 Témoignages et expériences des enfants prématurés : une perspective humaine

DOCUMENT 4 Témoignages de 3 jeunes

VISUALISER LA VIDÉO	VISUALISER LA VIDÉO	VISUALISER LA VIDÉO
https://g5.re/fbzsg	https://g5.re/frhyc	https://g5.re/f51r7
Témoignage d'Eva, 24 ans	Témoignage d'Emma, 16 ans	Témoignage de Gabriel, 13 ans

DOCUMENT 5 Le neurodéveloppement à 5 ans des enfants prématurés

VISUALISER LA VIDÉO

https://g5.re/fx4x8

Témoignage du docteur Véronique Pierrat, chercheuse EPOPé INSERM : durée 4 min 14 secondes.

Le document 4 offre la possibilité de comprendre le vécu d'enfants nés prématurément. Les témoignages de Gabriel, Emma et Eva, âgés de 13 à 24 ans, tous nés prématurément, présentent des perspectives précieuses sur les défis qu'ils ont rencontrés et les moyens par lesquels ils les ont surmontés. Pour compléter, vous trouverez dans le document 5 le témoignage très riche du docteur Véronique Pierrat, chercheuse et spécialiste de la prématurité, impliquée dans des études sur l'impact de la prématurité sur la santé des enfants à long terme. Elle travaille dans le cadre de l'étude **EPOPé** (étude épidémiologique sur les enfants prématurés), qui s'intéresse notamment aux effets de la prématurité sur le développement des enfants.

- À partir du visionnage des témoignages des documents 4 et 5, répondre par groupe de 3 ou 4 élèves aux questions suivantes :

14 **Analyser et énoncer les défis communs rencontrés et vécus par Gabriel, Emma et Eva en raison de leur naissance prématurée.**

15 Rechercher dans les propos de Gabriel, Emma et Eva, le type de soutiens (familial, médical, éducatif) qui semble avoir été le plus bénéfique dans leur parcours de vie.

16 Relever les points communs entre les témoignages de Gabriel, Emma et Eva et les observations du docteur Véronique Pierrat sur les effets à long terme de la prématurité (niveau moteur, développement, cognitif).

17 Reformuler la conclusion énoncée par le docteur Véronique Pierrat (document 5) dans la prise en charge des enfants prématurés.

JE DÉCOUVRE *un métier*

Je découvre le métier de puéricultrice(teur)

DOCUMENT La spécialité du métier de puéricultrice(teur)

Cette série de vidéos présente le métier d'infirmière puéricultrice à travers deux témoignages de professionnelles. Claire, en PMI, explique l'accès à la spécialisation, les débouchés et les lieux d'exercice. Marie, en réanimation néonatale au CHRU de Lille, partage son expérience auprès des nouveau-nés prématurés ou malades, soulignant son rôle dans leur prise en charge et le soutien aux parents.

VISUALISER LA VIDÉO https://g5.re/fbc2e

VISUALISER LA VIDÉO https://g5.re/ffnv1

1 **Par groupe de deux, consulter les deux vidéos (document) et répondre aux questions du tableau ci-dessous. Après avoir répondu aux questions, chaque groupe présentera brièvement ses réponses à la classe afin de comparer les informations trouvées dans les deux documents.**

Fiche récapitulative sur le métier de puéricultrice(teur) diplômé(e) d'État

Présentation du métier	
Quelles sont les principales missions du métier de puéricultrice(teur) ?	
Dans quels types de structures peut-elle/il exercer ?	
Avec quels types de professionnels travaille-t-elle/il au quotidien ?	
Formation et accès au métier	
Quel parcours de formation doit-on suivre post-bac ?	
Quel diplôme faut-il obtenir pour devenir puéricultrice(teur) ?	
Conditions de travail	
Quelles sont les principales tâches du métier de puéricultrice(teur) dans un service de réanimation néonatale ?	
Quelles sont les horaires de travail de puéricultrice(teur) dans un service de réanimation néonatale ?	
Qualités et compétences requises	
Quelles qualités personnelles sont nécessaires pour exercer ce métier ?	

2 **Vous êtes actuellement en classe de Seconde : indiquer les aspects du métier qui vous semblent les plus intéressants et les aspects du métier qui vous semblent les plus difficiles.**

JE MÈNE L'ENQUÊTE...

L'IMPORTANCE DU SUIVI MÉDICAL

L'élaboration de la relation parents-enfant est un long processus qui s'enracine au cours de la grossesse, voire dès le projet d'avoir un enfant, et qui se prolonge longtemps après la naissance.

DOCUMENT **L'association SOS Préma**

Des associations de parents et une société savante s'unissent autour d'un projet commun. SOS Préma, le CIANE (Collectif inter-associatif autour de la naissance) et la SFN (Société Française de Néonatalogie) travaillent ensemble dans un groupe de réflexion multi-professionnel qui intègre pleinement les représentants des usagers : le GREEN (Groupe de Réflexion et d'Évaluation de l'Environnement des Nouveau-nés) de la SFN. Cette commission a pour but d'élaborer des recommandations pour améliorer l'accueil des nouveau-nés et leur famille à l'hôpital. Le recueil du ressenti est primordial.

www.chu-st-etienne.fr

*Dans le cadre d'une étude sur la prématurité et la parentalité, vous allez travailler en binôme pour réaliser une **enquête qualitative**. L'association SOS Préma (**document**) construit chaque année des enquêtes dans le cadre de la prématurité. Vous participez à la diffusion en tant que puéricultrice(teur).*

ENQUÊTE QUALITATIVE

1. Votre enquête sera conduite à l'aide d'un **guide d'entretien semi-directif** que vous avez construit par groupe de 3 ou 4. L'objectif est de recueillir des témoignages de parents d'enfants prématurés afin de comprendre leurs expériences et les impacts de cette situation sur leur vie de famille.

2. Les objectifs sont de :
   - Comprendre les défis rencontrés par les parents d'enfants prématurés.
   - Explorer l'impact de la prématurité sur la parentalité.
   - Identifier les besoins spécifiques de soutien pour les parents d'enfants prématurés.

1 Je découvre

DOCUMENT 1 Surveillance prénatale : l'amniocentèse

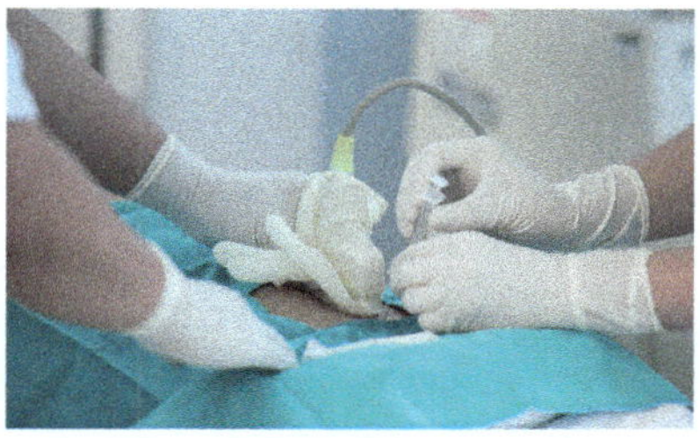

L'**amniocentèse** est une ponction à travers la paroi de l'abdomen de la mère. Cet examen consiste à prélever une petite quantité de **liquide amniotique** dans lequel baigne le fœtus au cours de la grossesse. Cet examen sert à diagnostiquer une anomalie chromosomique ou génétique. Habituellement, l'amniocentèse est programmée entre 3 et 3,5 mois de grossesse (soit **15 à 17 semaines d'aménorrhée**). Toutefois, elle peut être faite jusqu'à la fin de la grossesse si nécessaire.

Dans l'utérus, le fœtus est entouré d'une membrane formant une poche remplie de liquide amniotique. Ce liquide stérile, composé en majorité d'eau et de sels minéraux, contient des cellules fœtales. Le prélèvement est effectué à l'aide d'une aiguille très fine reliée à une seringue, à travers la paroi de l'abdomen de la mère. L'acte est effectué par un médecin, durant **une échographie** qui l'aide à positionner l'aiguille. Il n'est pas douloureux ; aussi, l'anesthésie locale est généralement superflue.

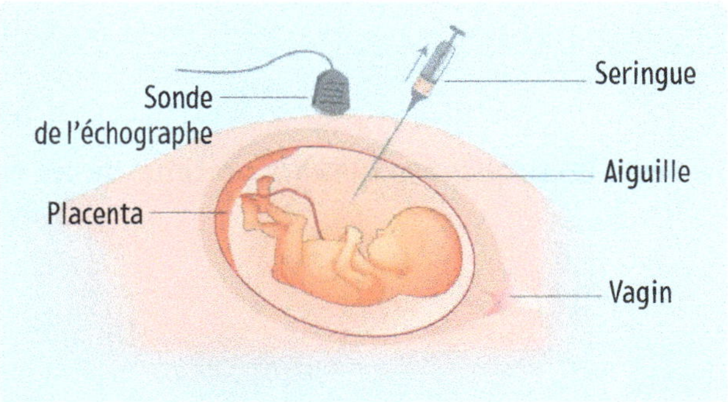

Le liquide amniotique prélevé contient des cellules fœtales analysées en laboratoire. Cette étude permet de réaliser **un caryotype** à la recherche d'anomalies chromosomiques comme **une trisomie 21**. L'analyse du liquide amniotique permet de rechercher des anomalies au niveau des gènes comme par exemple l'anomalie responsable de la mucoviscidose, d'un syndrome de l'X fragile (maladie génétique causant notamment un déficit intellectuel) ; de rechercher une infection virale (cytomégalovirus par exemple) ou parasitaire fœtale (toxoplasmose) ; d'identifier d'éventuelles anomalies biochimiques, présentes par exemple en cas de spina bifida (développement anormal de la colonne vertébrale avec défaut de fermeture des arcs postérieurs des vertèbres). Toutefois, cet examen ne dépiste pas toutes les maladies possibles.

L'amniocentèse est conduite dans des conditions de sécurité maximales (emploi de matériel stérile, personnel spécifiquement formé, etc.). Cependant, il comporte des risques minimes, à savoir :

- une possible interruption spontanée de grossesse qui survient au cours des 5 premiers mois (moins de 0,5 % des cas), surtout dans les 8 à 10 jours suivant l'amniocentèse ;
- de très rares infections du liquide amniotique ;
- exceptionnellement, une blessure du fœtus par l'aiguille.

L'amniocentèse est indiquée lorsque la future mère est âgée de plus de 38 ans, le risque d'anomalies chromo somiques augmentant avec l'âge. Elle peut être également indiquée si l'un des parents biologiques est porteur d'une anomalie chromosomique, ou atteint d'une pathologie génétique qui pourrait être transmise au bébé ; mais aussi si l'un des enfants du couple présente une pathologie génétique ou chromosomique. Si les marqueurs sériques (substances présentes dans le sang) montrent un risque de trisomie 21, l'examen sera proposé systématiquement. Enfin, tous problèmes détectés lors de l'échographie sur le fœtus – comme d'une anomalie du fœtus dont l'origine peut être infectieuse virale ou parasitaire (toxoplasmose par exemple) ; d'une malformation ; d'une augmentation de la clarté nucale (accumulation de liquide trop importante sous la peau de la nuque du fœtus – pouvant révéler notamment une trisomie 21 sera précédé d'une surveillance via l'amniocentèse.

www.ameli.fr

Après une lecture du document 1, répondre en binôme aux questions suivantes :

1 Énoncer en quoi consiste l'amniocentèse.

2 Indiquer à quel moment de la grossesse l'amniocentèse est généralement proposée et pourquoi cette période est choisie.

3 Relever les risques associés à la pratique de cet examen.

4 Rechercher les définitions des termes en gras dans le document 1.

2 Je m'interroge

1 Le syndrome d'alcoolisation fœtale

DOCUMENT 2 Communiqué de presse : syndrome d'alcoolisation fœtale

Communiqué de presse du 9 septembre 2022 : Journée mondiale de sensibilisation du syndrome d'alcoolisation fœtale (SAF)

À l'occasion de la journée mondiale de sensibilisation du Syndrome d'Alcoolisation Fœtale (SAF), l'ARS Normandie et Promotion Santé Normandie sensibilisent le grand public et les professionnels de santé sur l'ensemble **des troubles causés par l'alcoolisation fœtale (TCAF)**.

Malgré la préconisation d'abstinence totale pendant la grossesse, la consommation d'alcool concerne 1 femme enceinte sur 5 à l'origine de troubles irréversibles pour l'enfant à naître, dont à l'extrême le syndrome d'alcoolisation fœtale (SAF). Les risques liés à la consommation d'alcool pendant la grossesse sont encore trop sous-estimés. Près de 6 femmes sur 10 ont déclaré avoir été informées des risques de la consommation d'alcool par le médecin ou la sage-femme les suivant ou les ayant suivies mais moins d'un tiers dit avoir reçu la recommandation de ne pas consommer d'alcool pendant la grossesse. Sur l'ensemble de la population, près d'1 français sur 2 déclare connaître le SAF et les troubles causés par l'alcoolisation fœtale et la proportion de ceux qui savent précisément de quoi il s'agit est encore plus faible (1 français sur 5 pour le SAF, 1 français sur 10 pour les TCAF).

La méconnaissance de l'effet de l'alcool sur le fœtus, quel que soit le moment de la grossesse, constitue un réel problème de santé publique.

C'est quoi le Syndrome d'Alcoolisation Fœtale (SAF) ?

Le Syndrome d'Alcoolisation Fœtale (SAF), c'est la conséquence d'une consommation d'alcool pendant la grossesse sur le futur bébé. L'alcool bu par la mère lors de sa grossesse passe dans le sang du fœtus et affecte son développement.

Quelles sont les conséquences d'une consommation d'alcool pendant la grossesse ?

Pendant la grossesse, la consommation d'alcool multiplie les risques de fausse couche par 3 et un accouchement prématuré par 2. Sur le futur bébé, l'alcool est toxique et affecte son bon développement. Cela peut entraîner des difficultés d'apprentissage, des troubles de la mémoire ou du comportement.

Ainsi en France, près de 500 000 personnes vivraient avec des symptômes variés liés à la consommation d'alcool de leur mère au cours de la grossesse.

À quel moment arrêter sa consommation d'alcool ?

Dès les premières semaines de la grossesse, l'alcool consommé par la femme enceinte passe du sang maternel vers le sang du fœtus, au travers du placenta. La concentration en alcool dans le sang du fœtus devient aussi élevée que dans celui de la mère. L'alcool transmis au fœtus est éliminé lentement car son foie est insuffisamment développé.

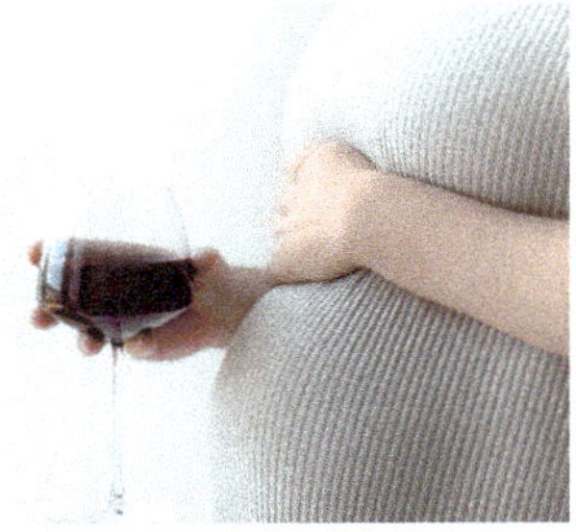

Pour éviter tout risque pour la santé de bébé, il est recommandé aux femmes enceintes de s'abstenir de toute consommation d'alcool dès le début de leur grossesse et pendant toute sa durée.

Toutes les boissons alcoolisées présentent un danger.

Si une femme a consommé de l'alcool, il faut savoir que l'arrêt est bénéfique à tout moment de la grossesse. Si l'arrêt de l'alcool est difficile voire impossible pour certaines femmes enceintes, elles peuvent en parler et être accompagnées par les professionnels de santé qui suivent leur grossesse (médecin traitant, sage-femme, gynécologue...).

Quelques chiffres

- 60 % des femmes qui consommaient de l'alcool avant la grossesse ont arrêté à l'annonce.
- 1 femme enceinte sur 3 continue de boire de l'alcool pendant sa grossesse.
- 1 enfant sur 1 000 est né avec un syndrome d'alcoolisation fœtale complet, et 1 sur 100 souffre ou souffrira de troubles causés par la consommation d'alcool durant la grossesse.
- Actuellement, environ 500 000 personnes souffriraient des conséquences des consommations d'alcool de leur mère.

www.normandie.ars.sante.fr

5 **Caractériser la situation problème soulevée dans le document 2 en complétant la grille de questionnement Quintilien suivante.**
Modalités de réponse : utiliser le QQOQCCP. Cette démarche permet de résumer et d'ordonner l'exploration d'un thème.

Questionnements à formuler QQOQCCP ?	Contenus / Notions à retenir
Qui ? Qui est concerné par la situation problème soulevée dans le site de l'ARS de Normandie ?	
Quoi ? De quoi s'agit-il ? De quoi parle-t-on ?	
Où ? Où se situe l'étude ?	
Quand ? À quelle période cette journée de sensibilisation a-t-elle eu lieu ? À quel moment arrêter sa consommation d'alcool ?	
Combien ? Combien de mères sont concernées par le SAF ?	
Comment ? Comment procède-t-on pour prévenir les risques liés au SAF ?	
Pourquoi ? Pourquoi en parle-t-on de ce fléau ?	

6 **Réfléchir en groupe au témoignage suivant d'une future maman qui consomme de l'alcool pendant sa grossesse : « *Je ne bois qu'un verre de vin de temps en temps, ça ne peut pas vraiment nuire au bébé, si ?* ». Proposer une réponse argumentée.**

Activité Réalisation d'une affiche de prévention

Réaliser par petit groupe une affiche de sensibilisation au Syndrome d'Alcoolisation Fœtale (SAF) pour informer et prévenir les risques liés à la consommation d'alcool pendant la grossesse. Pour la réalisation de l'affiche, il est attendu les éléments suivants :

- un slogan définissant clairement le SAF ;
- le choix de visuels (images, dessins) adaptés et percutants ;
- l'harmonie des couleurs et lisibilité (texte clair, pas surchargé) ;
- la mention des sources utilisées ;
- la capacité à sensibiliser et à informer efficacement ;
- le format : A4 ou A3 au choix ;
- la pertinence et précision du contenu.

Voici un exemple d'une affiche officielle de SAF FRANCE :

saffrance.com

2 Toxoplasmose et suivi de grossesse

DOCUMENT 3 Qu'est-ce que la toxoplasmose ?

VISUALISER LA VIDÉO

https://g5.re/f295x

DOCUMENT 4 Chat alors ! C'est quoi la toxoplasmose ?

Lorsque les Phéniciens et les Égyptiens ont décidé de domestiquer des chats sauvages, il y a 10 000 ans, ils n'auraient jamais pu imaginer le succès des lolcats. Mais ce que nos ancêtres ne savaient pas non plus, c'est qu'ils préparaient le terrain à la diffusion mondiale d'une maladie parfois mortelle, et fréquemment source d'angoisse pour les femmes enceintes : la toxoplasmose. La toxoplasmose est une maladie infectieuse fréquente, causée par un parasite microscopique : *Toxoplasma gondii*. Dans plus de 80 % des cas, l'infection passe totalement inaperçue ou provoque tout au plus de la fièvre et une longue fatigue. Et la bonne nouvelle est qu'elle est « immunisante », autrement dit : on ne l'attrape qu'une seule fois. Malheureusement, tout le monde n'est pas logé à la même enseigne : par exemple, chez les personnes dont le système immunitaire est défaillant, le parasite peut déclencher de graves complications cérébrales, oculaires ou encore pulmonaires. Ce risque concerne aussi les fœtus : lorsqu'une femme enceinte est infectée, le parasite peut en effet passer la barrière du placenta et entraîner une toxoplasmose congénitale. Plus elle survient tôt au cours de la grossesse et plus ses conséquences peuvent être sévères : mort *in utero* du fœtus, naissance prématurée, séquelles neurologiques. C'est la raison pour laquelle les femmes enceintes qui ne sont pas immunisées contre *T. gondii* doivent être vigilantes. On leur recommande en particulier de bien nettoyer fruits, légumes et plantes aromatiques destinés à être mangé crus, de cuire leur viande à cœur, de se laver soigneusement les mains, surtout après une séance de jardinage... et de se tenir à distance des chats et de leur litière. À vrai dire, c'est de tous les félins qu'elles doivent se méfier – même s'il faut bien admettre qu'elles sont peu nombreuses à côtoyer des tigres, des lions ou des léopards. Les chats et leurs cousins sont en effet des hôtes incontournables pour *T. gondii* : ce sont les seuls animaux dans lesquels il peut assurer sa reproduction sexuée, gage de sa survie à long terme. Ceci fait, les félidés infectés disséminent la descendance du parasite dans l'environnement, via leurs excréments. D'autres animaux, et les humains, peuvent être alors être infectés par ingestion de terre ou d'eau souillée, ou encore en consommant de la viande (crue ou pas assez cuite) d'un animal lui-même contaminé. Donc finalement, sans les félidés, il n'y aurait pas de toxoplasmose.

www.normandie.ars.sante.fr

DOCUMENT 5 Les caractéristiques du parasite de la toxoplasmose

Toxoplasma gondii est l'agent de la toxoplasmose, parasitose cosmopolite. C'est un parasite intra-cellulaire obligatoire appartenant à l'ordre des Coccidies, *phylum Apicomplexa*. Le cycle parasitaire comporte une multiplication asexuée qui s'effectue chez les mammifères homéothermes et les oiseaux (hôtes intermédiaires) et une multiplication sexuée qui s'effectue chez les chats et autres félidés (hôtes définitifs). Ces derniers excrètent dans leurs fèces des oocystes qui ne sont pas directement infectants lors de leur émission, ils le deviennent après sporulation (1 à 5 jours) et sont alors source potentielle de contamination pour les autres hôtes, par ingestion.

Durée moyenne d'incubation	Formes de la maladie Principaux symptômes	Durée des symptômes	Durée de la période contagieuse (excrétion)	Complications	Forme asymptomatique
Deux à trois semaines	**Toxoplasmose acquise** – Atteinte bénigne (15-20 % des cas) : adénopathies cervicales ou occipitales, fièvre, myalgies, asthénie. – Atteintes sévères : atteintes pulmonaires, neurologiques ou disséminées consécutives à une contamination par des génotypes virulents. – Atteintes oculaires (fréquence mal estimée) : choriorétinite de localisation variable évoluant vers la cicatrisation spontanée.	Variable (quelques semaines à plusieurs mois)	Pas de transmission interhumaine hormis : – la transmission materno-foetale (secondaire à la phase de parasitémie qui dure environ deux semaines). – la transplantation d'organes.	Létalité : variable selon le génotype des souches et la prise en charge. Très grande virulence des souches circulant en Amérique du Sud dont la Guyane avec létalité importante.	Oui : fréquence estimée à 80 % des infections toxoplasmiques.
	Toxoplasmose de réactivation avec localisation cérébrale (la plus fréquente), oculaire (associée à une lésion cérébrale dans 10-20 % des cas) et pulmonaire.			Toxoplasmose disséminée avec risque de décès.	

www.anses.fr

DOCUMENT 6 Bilan sanguin : à la recherche du parasite de la toxoplasmose

Le test détecte les anticorps produits en réponse à une infection ancienne ou récente par le parasite. Lors d'une infection, l'organisme produit d'abord des **anticorps IgM** mesurables dans le sang en 1 à 2 semaines post-infection. Quelques mois plus tard, les IgM deviennent indétectables et ont été remplacés par des **anticorps de type IgG** qui vont persister pendant le reste de la vie de l'individu. Les IgM peuvent réapparaître en cas de réactivation de l'infection ou d'infection chronique. La détection de la toxoplasmose est particulièrement importante chez la femme enceinte à cause du risque élevé (30 à 40 %) de transmettre l'infection au fœtus. La toxoplasmose fœtale peut entraîner des fausses-couches, des morts fœtales et des complications nombreuses (retard mental, cécité, surdité, etc.). **Des IgM et IgG négatifs** indiquent que la personne n'est pas immunisée contre la toxoplasmose et qu'advenant une infection en début de grossesse, elle pourrait transmettre le parasite au fœtus. **Une IgG positive** indique que la personne est immunisée et ne risque pas de transmettre l'infection au fœtus. Si **les IgM sont également positifs**, l'infection est récente. Des **IgG négatifs accompagnés d'IgM positifs** confirmés indiquent une infection récente. Les résultats équivoques devraient être confirmés sur un nouveau bilan 3 semaines après le premier. Le diagnostic se fait habituellement à l'aide d'une prise de sang à la recherche d'anticorps IgG et IgM dirigés contre le toxoplasme en laboratoire de biologie médicale. Il est obligatoire en France de faire une sérologie de la toxoplasmose en début de grossesse avant la 12e semaine d'aménorrhée.

En cas de présence conjointe des IgG et IgM chez une femme enceinte, un test sérologique complémentaire est effectué, l'avidité des IgG permettant, en fonction des résultats, de dater la contamination. Cette recherche est remboursée par la sécurité sociale.

www.biron.com

Après une lecture des documents 5 à 7, répondre en binôme aux questions suivantes :

7 **Indiquer ce qu'est la toxoplasmose et identifier l'agent responsable de la maladie.**

8 **Citer la manière dont la toxoplasmose peut être transmise à la femme enceinte. Donner au moins trois exemples.**

9 **Expliquer pourquoi la toxoplasmose est particulièrement surveillée chez les femmes enceintes.**

10 **Relever les mesures de prévention pour éviter la contamination avec le parasite de la toxoplasmose.**

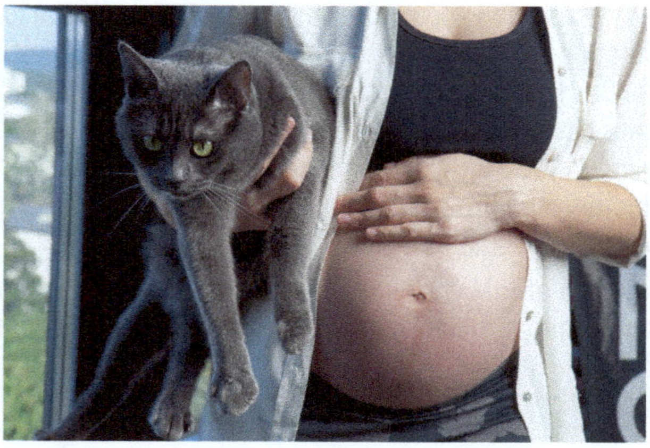

JE MÈNE L'ENQUÊTE...

LECTURE D'UN BILAN SÉROLOGIQUE

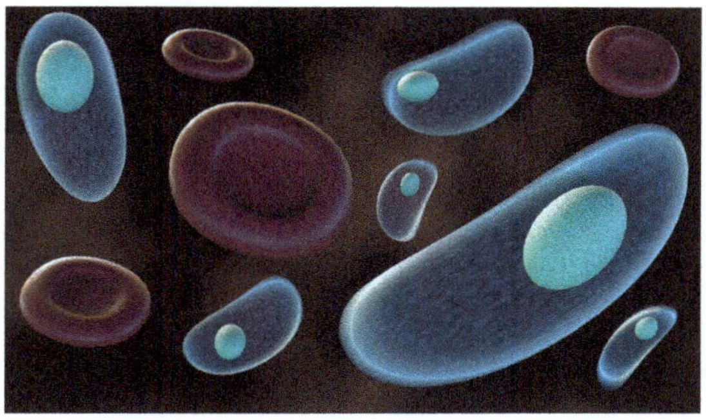

DOCUMENT **Exemple de résultat du bilan sérologique pour la recherche d'une contamination à la toxoplasmose**

Prélèvement sur Mme Dumas, enceinte de 10 semaines d'aménorrhée :

Recherche biologique sanguine	Résultat du bilan sérologique de la toxoplasmose de Mme Dumas enceinte de 10 semaines d'aménorrhée	Valeurs usuelles interprétatives Taux d'IgG	Valeurs usuelles interprétatives Index d'IgM
Dosage des anticorps contre le parasite de la toxoplasmose	• Taux IgG : inférieur à 0,18 UI[1]/ml • Taux IgM : 0,28	• Inférieur à 0,1 UI/ml : absence d'IgG • Compris entre 1,0 et 29,9 UI/ml : valeur limite à surveiller • Supérieur ou égal à 30,0 UI/ml : présence d'IgG donc positivité	• Inférieur à 0,80 : absence d'IgM donc négativité • Compris entre 0,80 et 0,99 : valeur limite à surveiller • Supérieur ou égal à 1,00 : présence d'IgM
Interprétation du laboratoire	**Bilan du laboratoire :** taux d'IgG spécifiques inférieur au seuil de positivité. Absence d'IgM, donc absence d'immunité de la future mère. Poursuivre une surveillance biologique mensuelle jusqu'à l'accouchement et un mois après. Suivre les mesures hygiéno-diététiques.		

[1] **UI : unité internationale :** est une unité de mesure de la quantité d'anticorps par millilitre de sang.

QUESTIONNEMENT

Énoncer ce que nous révèle le bilan sérologique de Mme Dumas, enceinte de 10 semaines (**document**) à propos de la toxoplasmose.

SYNTHÈSE

JE FAIS LE POINT SUR LE THÈME « ÂGES EXTRÊMES DE LA VIE : PRÉMATURITÉ »

SYNTHÈSE STSS

La prématurité est un défi médical et social nécessitant une meilleure prévention et un accompagnement renforcé des familles pour limiter les complications et favoriser le développement des enfants prématurés.

Je définis la prématurité :

La prématurité correspond à une naissance avant 37 semaines d'aménorrhée (SA) :

- prématurité extrême : avant 28 SA ;
- grande prématurité : entre 28 et 32 SA ;
- prématurité modérée : entre 32 et 34 SA ;
- prématurité tardive : entre 34 et 37 SA.

Je cible les causes et les facteurs de risque de la prématurité :

Différents facteurs peuvent entraîner un accouchement prématuré :

- facteurs maternels : infections, diabète gestationnel, hypertension, âge maternel extrême, consommation de tabac ou d'alcool ;
- facteurs obstétricaux : grossesse multiple, rupture prématurée des membranes, anomalies du col de l'utérus ;
- facteurs environnementaux : stress, conditions de travail difficiles, précarité sociale.

Je résume la prise en charge médicale du nouveau-né prématuré :

La prise en charge se fait en service de néonatalogie, avec :

- une couveuse pour réguler la température ;
- une assistance respiratoire (oxygène, ventilation) ;
- une alimentation adaptée (par sonde ou perfusion) ;
- un suivi médical pluridisciplinaire (pédiatres, kinésithérapeutes) ;
- le contact peau à peau (méthode Kangourou) favorisant le développement et le lien parent-enfant.

Je cible les moyens de prévention liés à la prématurité :

Pour réduire le risque de prématurité, il est essentiel :

- d'assurer un suivi médical régulier de la grossesse ;
- d'adopter une bonne hygiène de vie (alimentation, repos, absence de tabac/alcool).

Pour prévenir les risques pour la famille après la naissance :

- un suivi médical et psychologique doit être proposé.

Je cible les conséquences pour le bébé. Les bébés prématurés sont plus fragiles et peuvent rencontrer :

- des difficultés respiratoires : immaturité des poumons nécessitant une assistance respiratoire ;
- des problèmes digestifs : incapacité à téter et besoin d'alimentation par sonde ;
- un risque d'infections accru : système immunitaire immature ;
- un développement neurologique à surveiller : risque de retard moteur ou cognitif.

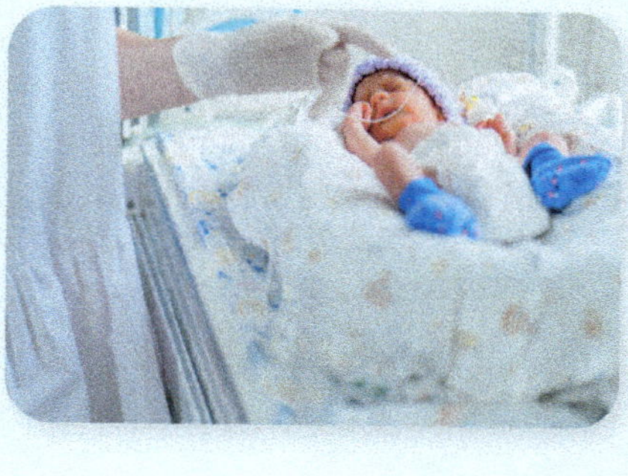

SYNTHÈSE BPH

SURVEILLANCE PRÉNATALE

- L'amniocentèse est un examen prénatal important, mais il n'est pas systématique. Réalisée généralement à partir de la 15e semaine de grossesse, elle permet de détecter des anomalies génétiques, bien qu'elle comporte des risques minimes. Elle est proposée en fonction des facteurs de risque et des antécédents médicaux.
- Elle comporte des risques minimes mais peut détecter des anomalies génétiques.

SYNDROME D'ALCOOLISATION FŒTALE (SAF)

- Le SAF est un problème de santé publique majeur en France.
- 1 femme enceinte sur 5 consomme de l'alcool pendant sa grossesse.
- Les risques liés à la consommation d'alcool pendant la grossesse sont sous-estimés.
- Il n'existe pas de quantité d'alcool sans risque pendant la grossesse.

SENSIBILISATION ET PRÉVENTION AU SAF

- Une journée mondiale de sensibilisation au SAF a lieu le 9 septembre chaque année.
- Des campagnes de sensibilisation sont menées pour informer le public et les professionnels de santé.
- La recommandation principale est l'abstinence totale d'alcool pendant toute la durée de la grossesse.

TOXOPLASMOSE

La toxoplasmose est une infection causée par le parasite Toxoplasma gondii. Elle peut être transmise à une femme enceinte par plusieurs voies :

- Contact avec des matières fécales de chat infecté : manipulation de litière ou de terre contaminée, sans protection.
- Consommation d'aliments contaminés : viande crue ou insuffisamment cuite, fruits et légumes non lavés.
- Utilisation d'ustensiles contaminés : ustensiles en contact avec de la viande crue, non nettoyés avant utilisation.

Ces informations soulignent l'importance de la surveillance prénatale et des précautions à prendre pour assurer la santé du fœtus. La toxoplasmose est une maladie courante qui peut avoir des conséquences graves pour les femmes enceintes et le foetus. Une bonne hygiène et des précautions appropriées lors du contact avec des chats peuvent réduire considérablement le risque d'infection.

LEXIQUE A Z

- **ALCOOLISATION FŒTALE :** consommation d'alcool par une femme enceinte, entraînant des effets toxiques sur le développement du fœtus.
- **AMNIOCENTÈSE :** examen médical prénatal consistant à prélever du liquide amniotique à l'aide d'une aiguille introduite dans l'utérus, sous contrôle échographique.
- **DÉPISTAGE PRÉNATAL :** test sérologique chez la femme enceinte pour surveiller une éventuelle infection.
- **DIAGNOSTIC CLINIQUE :** basé sur l'anamnèse maternelle, l'examen clinique du nouveau-né et l'évaluation des déficits cognitifs.
- **DIAGNOSTIC PRÉNATAL :** ensemble des examens permettant de détecter d'éventuelles anomalies génétiques ou chromosomiques du fœtus.
- **ENTRETIEN SEMI-DIRECTIF :** un entretien semi-directif est une méthode qualitative d'enquête où le chercheur utilise un guide d'entretien structuré composé de questions ouvertes. L'objectif est de laisser la parole à l'interviewé tout en guidant la conversation autour de thèmes préétablis. L'entretien semi-directif permet ainsi d'approfondir la compréhension d'un sujet tout en conservant une certaine structure.
- **FŒTUS :** stade de développement du bébé à partir de la 9e semaine de grossesse jusqu'à la naissance.
- **LIQUIDE AMNIOTIQUE :** fluide qui entoure et protège le fœtus dans la cavité amniotique pendant la grossesse.
- **PARASITE INTRACELLULAIRE OBLIGATOIRE :** organisme vivant à l'intérieur des cellules de son hôte.
- **PARENTALITÉ :** la parentalité désigne l'ensemble des façons d'être et de vivre le fait d'être parent. C'est un processus qui conjugue les différentes dimensions de la fonction parentale, matérielle, psychologique, morale, culturelle, sociale.
- **PASSAGE TRANSPLACENTAIRE :** désigne le transfert de substances entre la circulation sanguine maternelle et fœtale à travers le placenta. Ce processus permet l'apport d'oxygène, de nutriments et d'anticorps au fœtus, tout en facilitant l'élimination de ses déchets métaboliques. Il peut également concerner certains médicaments, toxines ou agents infectieux.
- **PÉRINATALITÉ :** l'Organisation Mondiale de la Santé (OMS) situe la période périnatale entre la vingt-huitième semaine de grossesse (environ 6 mois) et le septième jour de vie après la naissance du bébé. Selon de nombreux scientifiques, la périnatalité couvre une période plus large, s'étendant de la période pré-conceptionnelle jusqu'aux 3 ans de l'enfant.
- **PLACENTA :** organe qui relie la mère au fœtus et assure les échanges nutritifs, gazeux et hormonaux.
- **SEMAINES D'AMÉNORRHÉE (SA) :** l'aménorrhée est l'absence de règles (aussi appelées « menstruations ») chez une femme en âge d'être réglée. Elle est normale en cas de grossesse, allaitement et lors de la ménopause.
- **TÉRATOGÈNE :** substance ou agent provoquant des malformations congénitales (l'alcool est un tératogène majeur).
- **TOXICITÉ NEURONALE :** effet délétère de l'alcool sur le développement du cerveau du fœtus, entraînant des lésions irréversible
- **TOXOPLASMA GONDII :** protozoaire parasite responsable de la toxoplasmose.
- **TRANSMISSION CONGÉNITALE :** passage du parasite de la mère au fœtus via le placenta.

THÈME 3B

Âges extrêmes de la vie : la gérontologie

QUESTIONNEMENTS

STSS

- Qu'est-ce qu'une personne en perte d'autonomie à domicile ?
- À quel moment devient-il nécessaire d'intégrer un EHPAD (Établissement d'Hébergement pour Personnes Âgées Dépendantes) ?

BPH

- Qu'entend-on par alimentation ?
- Pourquoi est-il important d'avoir une alimentation équilibrée ?
- En quoi consiste le système nerveux ?
- Quel est le mode de fonctionnement du système nerveux ?

NOTIONS ABORDÉES

• Personnes âgées en perte d'autonomie • Besoins des personnes âgées à domicile
• Qualité de vie des personnes âgées • Place des aidants
• Différentes possibilités d'accueil ponctuel en structure • Choix d'intégrer un EHPAD
• Système digestif • Enzyme digestive • Système nerveux • Neurone

Contexte

La perte d'autonomie chez les personnes âgées est un enjeu majeur de santé publique en France. En 2021, 7,3 % des personnes de 60 ans ou plus vivant à domicile étaient en perte d'autonomie, soit environ 1,27 million de personnes.
Cette situation se caractérise par une incapacité partielle ou totale à réaliser certains actes essentiels de la vie quotidienne, comme se lever, faire sa toilette, manger ou se déplacer. Le vieillissement de la population française accentue ce phénomène et les politiques publiques favorisent de plus en plus le maintien à domicile des personnes âgées, ce qui explique que le nombre de seniors en institution reste stable ces dernières années.

www.insee.fr

1 Je découvre

DOCUMENT 1 Perte d'autonomie à domicile : les seniors moins souvent concernés en 2022 qu'en 2015

L'enquête Autonomie en Ménages est la deuxième enquête du dispositif Autonomie 2021-2025, grand dispositif décennal d'enquêtes sur le handicap et la perte d'autonomie mis en place par la DREES. Elle permet un décompte des personnes en perte d'autonomie à domicile et de le comparer à celui de l'enquête précédente réalisée par la DREES en 2015. 3 % à 8 % des personnes âgées de 60 ans ou plus vivant à leur domicile sont en perte d'autonomie au sens du Groupe Iso-Ressources (GIR).

[...] Selon que l'on en retienne une définition restreinte ou large, soit de 500 000 à 1,3 million de personnes concernées. Le GIR est calculé en fonction de la capacité du senior à accomplir dix activités physiques et mentales, dites « discriminantes » (se laver, se déplacer, s'orienter, etc.). Ainsi, en fonction de leur perte d'autonomie, les personnes âgées sont rattachées à un des six GIR (le GIR 1 correspondant aux situations de perte d'autonomie les plus sévères). D'autres mesures, établies sur une liste d'activités plus restreinte que celle du GIR, évaluent la part de personnes âgées en perte d'autonomie sévère à 2 % (indicateur de Katz) et à 1 % (indicateur de Colvez). En 2022, les personnes âgées vivant à domicile sont moins souvent en perte d'autonomie qu'en 2015. Entre 2015 et 2022, parmi les 60 ans ou plus qui vivent à leur domicile, la prévalence de la perte d'autonomie, établie à partir de l'estimation « large » du GIR a reculé, passant de 10 % en 2015 à 8 % en 2022. Cette baisse a compensé la hausse du nombre de seniors sur la période, si bien que le nombre de personnes concernées a diminué (– 180 000 personnes). Dans le même temps, la proportion de personnes âgées accueillies en établissement a elle aussi baissé. Le recul du nombre de personnes âgées en perte d'autonomie (2,5 points) peut être décomposé en deux effets : un associé à l'évolution de la pyramide des âges entre 2015 et 2022 (0,5 point), et un autre directement lié à la baisse du taux de perte

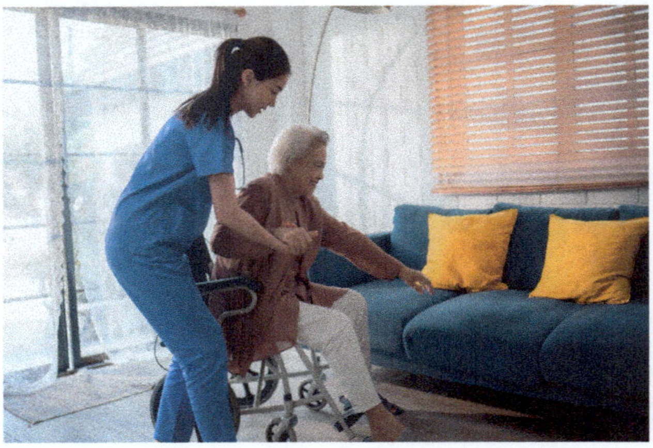

d'autonomie dans chaque classe d'âge (– 2,0 points) ; celle des 75 ans ou plus y contribue pour l'essentiel (1,5 point).

Entre 2015 et 2022, l'espérance de vie sans perte d'autonomie a augmenté de 0,8 an pour les femmes et de 0,5 an pour les hommes. En 2022, l'espérance de vie à 60 ans des femmes est de 27,3 ans, dont 4,2 ans en moyenne sont passés en situation de perte d'autonomie (2,9 années à domicile et 1,3 année en établissement), soit 15 % de l'espérance de vie à 60 ans. Elle est moins importante chez les hommes (23,0 années), qui vivent en moyenne 2,4 années en situation de perte d'autonomie (1,6 année à domicile et 0,7 année en établissement), ce qui représente 10 % de l'espérance de vie à 60 ans. Pour les femmes comme pour les hommes, la part de l'espérance de vie passée en situation de perte d'autonomie a baissé entre 2015 et 2022 (– 4 points pour les femmes, – 3 points pour les hommes). Ainsi, tandis que l'espérance de vie à 60 ans a quasiment stagné entre 2015 et 2022 (0,1 an pour les femmes, stagnation pour les hommes), celle sans perte d'autonomie a augmenté (+ 0,8 an pour les femmes et + 0,5 an pour les hommes), du fait de la moindre proportion de personnes en perte d'autonomie à domicile.

« Perte d'autonomie à domicile : les seniors moins souvent concernés en 2022 qu'en 2015 », Premiers résultats de l'enquête Autonomie 2022, Direction de la recherche, des études, de l'évaluation et des statistiques, 14/11/2024
drees.solidarites-sante.gouv.fr

1 **À partir du contexte et des documents 1 et 2, relever les données chiffrées « clés » concernant :**

- La prévalence de la perte d'autonomie :

- L'évolution de la perte d'autonomie entre l'année 2015 et l'année 2022 :

- L'espérance de vie des femmes et des hommes à 60 ans :

- L'amélioration de l'espérance de vie sans perte d'autonomie :

2 **À partir de ces données, rédiger un bilan.**

3 **Caractériser la situation-problème soulevée à partir du document 1 en complétant la grille de questionnement Quintilien proposée.**

Utiliser le QQOQCP : cette démarche permet de résumer et d'ordonner l'exploration d'un thème.

Questionnements à formuler QQOQCP ?	Contenus / Notions à retenir
Qui ? Qui est concerné par la situation-problème soulevée dans le document 1 ?	
Quoi ? De quoi s'agit-il ? De quoi parle-t-on ?	
Où ? Où se situe l'étude ?	
Quand ? À quelle période cette enquête a-t-elle été menée ? Et les comparaisons effectuées ?	
Comment ? Comment procède-t-on pour évaluer la perte d'autonomie ? Comment est effectué le calcul ?	
Pourquoi ? Pourquoi en parlons-nous ? Quelle est l'utilité de cette enquête ?	

4 **Expliquer le terme « une personne en perte d'autonomie ».**

....

....

....

2 Je m'interroge

1 Comment permettre le maintien à domicile des personnes âgées ?

A. Les besoins des personnes âgées à domicile

Pour bien vieillir au sein de la société, toutes les personnes âgées (et notamment celles vivant à leur domicile) ont la possibilité de se déplacer facilement, de profiter de la nature, d'avoir accès aux services publics, aux commerces, de faire du sport, de rencontrer de nouvelles personnes, d'aller voir un spectacle… Les besoins en matière d'accessibilité et d'accompagnement dans la vie quotidienne se multiplient.

De nombreuses villes relèvent ce défi majeur des années à venir : différents dispositifs et services sont proposés.

5 Relier les besoins ressentis par Madeleine aux solutions envisagées ou proposées dans sa ville.

BESOINS DE MADELEINE	SERVICES POSSIBLES
D'être informée et accompagnée dans ses démarches.	Participer à la vie citoyenne des conseils de quartier.
De simplifier son quotidien à domicile.	Se faire livrer des repas à domicile, profiter des services de transport solidaire, de conciergerie seniors…
De maintenir du lien social.	S'adresser aux services sociaux de proximité, être orientée vers les Points d'Information Médiation Multi-Services (PIMMS).
De se rendre utile et s'engager.	Manger un repas équilibré dans un endroit chaleureux, et en bonne compagnie.
De préparer sa retraite.	Participer aux ateliers d'initiation et d'accès à Internet en libre-service proposés par les centres sociaux.
De se former et être accompagnée sur les outils numériques.	Participer aux activités proposées par les clubs seniors, des bibliothèques municipales…
De choisir des loisirs.	Consulter le site officiel Info-retraite.
De prendre soin d'elle.	Consulter le site www.centredeprevention.fr

6 À partir des images suivantes, expliquer comment la perte d'autonomie affecte la qualité de vie des seniors.

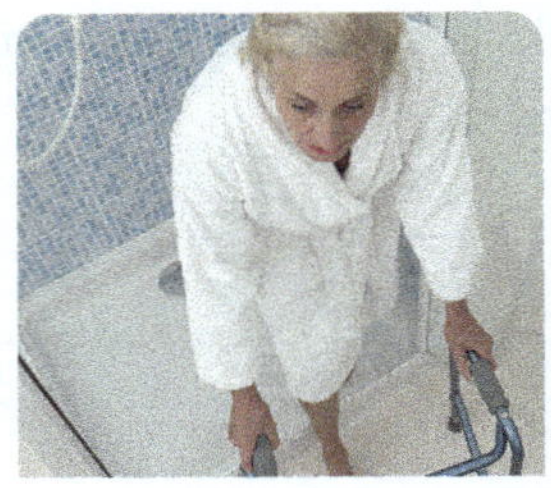

7 Rechercher et expliquer comment les familles peuvent soutenir leurs parents, personnes âgées en perte d'autonomie, à domicile.

B. La place des aidants auprès des personnes âgées à domicile

DOCUMENT 2 Trouver du soutien pour mon proche

Être proche aidant, c'est en premier lieu rechercher du soutien pour une personne malade, en perte d'autonomie ou en situation de handicap. Il existe de nombreux services et intervenants qui peuvent **proposer des aides au domicile** de personnes en situation de handicap ou de personnes âgées en perte d'autonomie. Il peut s'agir d'aides proposées par des services de soins infirmiers (les SSIAD), des orthophonistes, des kinésithérapeutes, des travailleurs sociaux (SAVS, SAMSAH), des éducateurs, des enseignants, des psychologues (SESSAD), des ergothérapeutes, des conseillers en gérontologie, des auxiliaires de vie sociale, des aides-ménagères...

Les interventions humaines à domicile se font en journée mais sont possibles parfois aussi **la nuit**, à travers des gardes de nuit, ou des gardes itinérantes par exemple.

Ces professionnels apportent donc un soutien direct important aux personnes âgées ou en situation de handicap, mais également aux aidants car ils les rassurent par leur présence auprès de la personne aidée, leurs compétences, la veille et la protection qu'ils peuvent apporter.

www.aidants49.fr

DOCUMENT 3 Prendre soin d'une personne âgée : source de stress ou vecteur de bien-être ?

CONSULTER L'AUDIO

https://g5.re/fftr5

À partir de recherches sur Internet et du site accessible par le QR Code suivant :

CONSULTER LE SITE

https://g5.re/fmjbg

8 Indiquer le nombre d'aidants en France.

....

....

9 Définir le terme « proche aidant » ou « aidant familial » (la dénomination peut varier).

....

....

....

10 Les fonctions de l'aidant sont multiples et leur engagement parfois éprouvant. Rechercher à partir de l'audio disponible en document 3 les facteurs qui influent sur le bien-être du proche aidant.

....

....

....

11 De nombreux accompagnements et services sont indispensables pour soulager les proches aidants en dehors du domicile. Rechercher, à partir du site internet accessible par le QR Code ci-dessus, les différentes possibilités d'accueil ponctuel en structure.

....

....

....

12 Réaliser un tableau à double entrée présentant les missions et modalités d'accueil de chaque service.

2 À quel moment devient-il nécessaire d'intégrer un EHPAD (Établissement d'Hébergement pour Personnes Âgées Dépendantes) ?

DOCUMENT 4 Lieux de vie et accompagnement des personnes âgées en perte d'autonomie

Le domicile ordinaire est fortement consommateur en ressources humaines, alors que la France va en manquer (et en manque déjà). Il coûte relativement cher, et potentiellement plus cher que l'institution (temps de trajet des personnels, absence d'économies d'échelle...). De fait, si le maintien au domicile de la personne est l'objectif premier, il est des situations où l'accueil en institution ou dans un lieu intermédiaire est préférable dans l'intérêt même de la personne.

Les domiciles alternatifs ne représentent qu'une part très marginale des lieux de vie des personnes âgées dépendantes (autour de 2 %), mais un quart des personnes âgées vivant en résidence autonomie est en situation de perte d'autonomie (GIR 1 à 4). De manière plus générale, les domiciles alternatifs posent des questions d'adéquation entre les cibles de publics affichés et les besoins réels des personnes.

Enfin, concernant les personnes âgées dépendantes en établissement, malgré un âge d'entrée en EHPAD sans cesse plus élevé, la durée moyenne de séjour en EHPAD diminue très peu et reste proche de deux années.

« Lieux de vie et accompagnement des personnes âgées en perte d'autonomie : les défis de la politique domiciliaire, se sentir chez soi où que l'on soit », 29/03/2024
igas.gouv.fr

DOCUMENT 5 Étude de la situation de Rose Martin

Madame Rose Martin, 82 ans, vit seule dans son appartement au 2e étage sans ascenseur. Sa fille est soucieuse, elle intervient de plus en plus auprès de sa mère pour effectuer les activités de la vie quotidienne. Lors d'une visite à domicile, **l'équipe médico-sociale du Conseil Départemental** (composée d'un médecin et d'une assistante sociale) constate les éléments suivants :

- Elle éprouve des difficultés à se lever le matin et elle ne veut plus prendre sa douche, faire sa toilette et s'habiller sans l'aide de sa fille. Elle peut préparer des repas simples, en petite quantité mais ne souhaite plus faire ses courses seule ayant déjà effectué plusieurs oublis. Elle se déplace lentement à l'intérieur de chez elle avec une canne. Elle a très peur de chuter et ne sort plus seule de son domicile. Le fait de monter les escaliers pour accéder à son domicile représente une réelle difficulté.
- En discutant avec Rose, l'équipe médico-sociale se rend compte qu'elle a des difficultés à s'orienter dans le temps et dans l'espace. Sa mémoire à court terme est légèrement altérée ; de plus, elle indique qu'elle a des difficultés à gérer ses papiers administratifs et a besoin d'aide. Les visites quotidiennes de sa fille lui permettent de maintenir du lien social et de gérer ses papiers.

13 **Relever les informations importantes issues des documents 4 et 5.**

....

....

....

14 **Prendre connaissance de la situation de Rose et rechercher les signes de sa perte d'autonomie.**

- .... • ....
- .... • ....
- .... • ....

15 **Réaliser un « remue-méninges » afin d'expliquer les éventuelles difficultés rencontrées par Rose en cas d'intégration dans un EHPAD. Compléter les cases suivantes avec les mots-clés.**

Au vu de la situation physique de Rose et après discussion avec sa fille et l'équipe médicale, elle aspire désormais à bénéficier d'un hébergement permanent en chambre simple au sein de l'EHPAD. Consulter le site officiel d'information pour les personnes âgées et les aidants grâce au QR Code ci-contre :

CONSULTER LE SITE

https://g5.re/fy34k

16 **Rechercher, dans l'annuaire des EHPAD, trois établissements de la localisation de votre choix, les ajouter au comparateur et les afficher.**

17 **Indiquer les éléments de comparaison à prendre en compte pour répondre aux différents besoins de Rose. Donner des exemples.**

	Nom de l'établissement :	Nom de l'établissement :	Nom de l'établissement : ....
Éléments de comparaison			

18 **Rose vient de prendre connaissance du montant restant à sa charge. Deux aides sont déductibles de son montant à payer. Les rechercher à partir du site et les définir.**

....

....

....

....

PARTIE STSS

JE MÈNE L'ENQUÊTE...

ÉVALUER LA PERTE D'AUTONOMIE

Vous êtes étudiant(e) en stage en tant qu'assistant(e) sociale au sein de l'équipe médico-sociale du conseil départemental et avez pour mission de mesurer le niveau d'autonomie de Rose avec la grille AGGIR.

DOCUMENT 1 La grille AGGIR

CONSULTER LE SITE

https://g5.re/feqr1

DOCUMENT 2 Les variables discriminantes et les variables illustratives

Les 10 variables discriminantes	Les 7 variables illustratives
1 **Cohérence :** converser et se comporter de façon sensée par rapport aux normes admises. 2 **Orientation :** se repérer dans le temps (jour et nuit, matin et soir), dans les lieux habituels... 3 **Toilette :** se laver seul(e), habituellement et correctement, le haut et le bas du corps. 4 **Habillage :** s'habiller, se déshabiller, seul(e), totalement et correctement. 5 **Alimentation :** se servir et manger seul(e), correctement. On considère que les aliments sont déjà préparés. 6 **Élimination :** assurer seul(e) et correctement l'hygiène de l'élimination urinaire et anale. 7 **Transferts :** pouvoir passer seul(e) d'une position (debout, assis, couché) à une autre, dans les deux sens. 8 **Déplacements à l'intérieur :** se déplacer seul(e) à l'intérieur du domicile (même avec canne, déambulateur ou fauteuil roulant). 9 **Déplacements à l'extérieur :** se déplacer seul(e) à partir de la porte d'entrée sans moyen de transport. 10 **Communication à distance :** utiliser seul(e) un téléphone, une alarme...	1 **Gestion :** gérer son budget et son patrimoine. 2 **Cuisine :** préparer ses repas. 3 **Ménage :** effectuer seul(e) ses travaux ménagers. 4 **Transport :** savoir prendre et/ou commander seul(e) un moyen de transport. 5 **Achats :** faire ses courses en direct ou à distance. 6 **Suivi du traitement :** suivre l'ordonnance du médecin. 7 **Temps libre :** pratiquer des activités de loisirs (sportives, culturelles, sociales...).

DOCUMENT 3 La grille AGGIR de Rose

Les 10 variables discriminantes	Note attribuée (situation de Rose)
1	☆
2	☆
3	☆
4	☆
5	☆
6	☆
7	☆
8	☆
9	☆
10	☆

★ **A :** fait seul, totalement, habituellement et correctement.

★ **B :** fait partiellement, ou non habituellement, ou non correctement.

★ **C :** ne fait pas, ne peut pas ou ne veut pas le faire.

QUESTIONNEMENT

À partir des **documents 1** à **3** :

1. Expliquer le sigle AGGIR et présenter l'outil « grille AGGIR ».
2. Rechercher les objectifs de l'évaluation de l'autonomie à partir de la grille AGGIR.
3. Prendre connaissance de la grille AGGIR en ligne simplifiée, pour une première évaluation du degré d'autonomie de Rose. Rechercher à quoi correspond un GIR et comment il est calculé. Combien en existe-t-il ?
4. Analyser la situation de Rose et lui attribuer une couleur pour chacune des 10 variables, selon les critères mentionnés dans le **document 3**.
5. À partir de la grille AGGIR en **document 1**, faire le test, cocher les 10 affirmations pour connaître immédiatement le niveau de GIR de Rose.
6. Indiquer le niveau GIR (Groupe Iso Ressource) obtenu :

   [ ]

7. Relever dans votre évaluation le niveau de GIR obtenu. Que pouvez-vous en déduire ?

1 Je découvre

DOCUMENT 1 De quoi est composé l'appareil digestif ?

VISUALISER LA VIDÉO

https://g5.re/fzch4

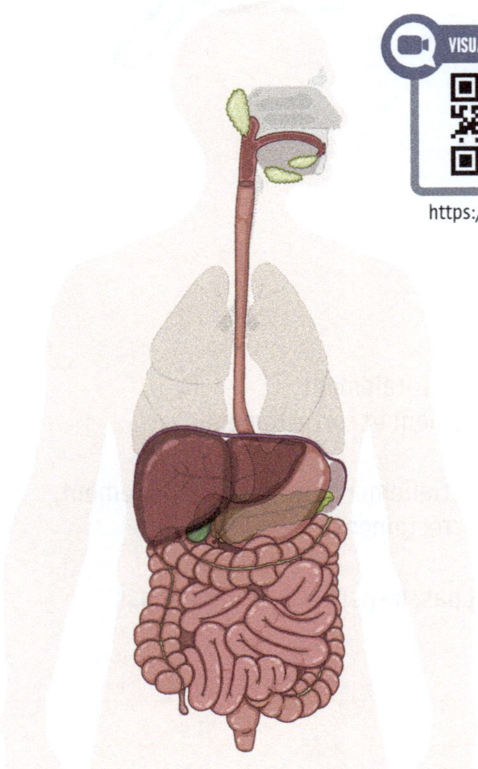

En visualisant plusieurs fois la vidéo du document 1, répondre aux questions :

1 **Lister les premiers processus digestifs qui se déroulent dans la bouche.**

2 **Donner le nom des aliments après leur passage dans l'œsophage.**

3 **Expliciter ce qu'est une villosité intestinale et son rôle principal.**

4 **Expliquer l'utilité de l'alimentation.**

POUR ALLER + LOIN

D'autres liens existent pour explorer l'appareil digestif :

- le site *innerbody*, accessible via le QR Code ci-dessous :

CONSULTER LE SITE

https://g5.re/fwbrb

- des applications mobiles, comme *visual3dscience*.

5 **Retracer sur le document 1 le parcours du bol alimentaire en nommant chaque organe, et en expliquant rapidement sa fonction.**

2 Je m'interroge

1 Qu'est-ce qu'une enzyme digestive ?

Activité 1 Expérience de laboratoire : action de l'amylase sur l'amidon

Cette expérience vous donnera un aperçu concret du fonctionnement de notre système digestif et vous aidera à comprendre l'importance des enzymes dans la transformation des aliments en nutriments utilisables par notre organisme. L'enzyme découverte ici est l'amylase, la plus importante de notre salive.

Matériel nécessaire :

- solution d'amidon ;
- eau distillée ;
- solution d'amylase (après avoir passé deux comprimés d'alpha-amylase du commerce sous l'eau courante pour enlever le colorant, dissoudre les comprimés dans quelques millilitres d'eau distillée) ;
- tubes à essai ;
- bain-marie à 37 °C ;
- solution d'iode (réactif de Lugol).

Protocole :

1. **Préparer trois tubes à essai à homogénéiser :**
   - tube A : 5 mL de solution d'amidon + 1 mL d'eau distillée ;
   - tube B : 5 mL de solution d'amidon + 1 mL d'amylase ;
   - tube C : 5 mL d'eau distillée + 1 mL d'amylase.
2. **Placer les tubes dans le bain-marie à 37 °C.**
3. **À intervalles réguliers (0, 5, 10, 15 minutes), prélever une goutte de chaque tube et la déposer sur une plaque à godets.**
4. **Ajouter une goutte de solution d'iode à chaque prélèvement.**
5. **Observer et noter les changements de couleur.**

Résultats attendus :

- Le tube A (amidon seul) restera bleu-noir en présence d'iode.
- Le tube B (amidon + amylase) passera progressivement du bleu-noir au brun puis à l'incolore, indiquant la dégradation de l'amidon par l'amylase.
- Le tube C (contrôle) restera incolore.

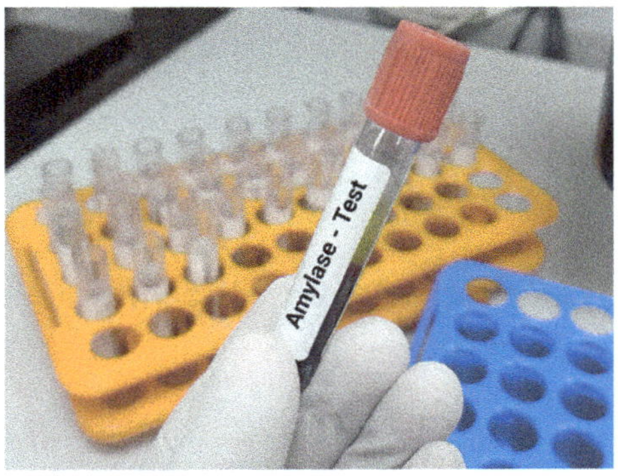

Cette expérience permet d'observer directement l'action d'une enzyme digestive et de discuter du rôle des enzymes dans la transformation des aliments en nutriments.

N.B. *: des bandelettes de glucose permettent également et rapidement d'observer l'apparition de cette molécule par la dégradation de l'amidon sous l'effet de l'amylase.*

6 Après avoir réalisé l'expérience, en déduire l'utilité de l'amylase salivaire.

....

....

7 Exposer le résultat de l'action de cette enzyme sur l'amidon.

....

....

Activité 2 Étude de cas : troubles digestifs liés à l'âge

Mme Dupont, une femme âgée de 72 ans, se rend chez son médecin traitant. Depuis plusieurs semaines, elle ressent des douleurs abdominales fréquentes, surtout après les repas, ainsi que des ballonnements importants. Elle se plaint également de constipation persistante, malgré une hydratation correcte.

Lors de la consultation, elle explique qu'elle a récemment changé son régime alimentaire en diminuant sa consommation de fruits et de légumes à cause de problèmes dentaires. Elle reconnaît aussi qu'elle prend régulièrement des anti-inflammatoires pour ses douleurs articulaires.

Le médecin lui pose quelques questions supplémentaires :

- elle ne signale pas de fièvre ni de perte de poids importante ;
- ses habitudes alimentaires ont beaucoup changé ces derniers mois ;
- elle ne fait pas d'exercice physique et passe beaucoup de temps assise.

L'examen médical révèle un ventre légèrement gonflé, mais sans douleur aiguë lors de la palpation.

8 **Citer les aspects du mode de vie de Mme Dupont qui pourraient être à l'origine de ses problèmes digestifs.**

....

....

....

9 **Décrire en quoi une consommation insuffisante de fruits et légumes peut favoriser la constipation.**

....

....

....

10 **Les anti-inflammatoires constituent une classe de médicaments diminuant la réponse immunitaire et la douleur associée. Lister comment les anti-inflammatoires peuvent influencer les troubles digestifs.**

....

....

....

....

11 **Donner des conseils alimentaires et d'hygiène de vie à suggérer à Mme Dupont pour améliorer sa santé digestive.**

....

....

....

....

12 **Citer les examens ou traitements que le médecin pourrait recommander pour confirmer le diagnostic et soulager les symptômes de Mme Dupont.**

....

....

....

2 Quelles sont les différences entre neurone, nerf et fibre nerveuse ?

DOCUMENT 2 La structure d'un neurone

Un neurone est une cellule spécialisée qui transmet les informations sous forme de signaux électriques et chimiques. Il est composé de plusieurs parties, chacune ayant un rôle précis :

1. Les dendrites

Ce sont de nombreuses petites branches qui entourent le corps cellulaire. Elles captent les signaux provenant d'autres neurones ou de récepteurs sensoriels. Ces signaux sont ensuite acheminés vers le corps cellulaire.

2. Le corps cellulaire (soma)

C'est le centre de contrôle du neurone. Il contient le noyau, qui renferme l'ADN dans son nucléole, le corps de Nissl, des mitochondries pour la production d'énergie et les organites qui assurent le bon fonctionnement de la cellule. Le corps cellulaire intègre les signaux reçus par les dendrites.

3. L'axone

C'est un long prolongement du neurone depuis des neurofibrilles, qui conduit l'influx nerveux du corps cellulaire jusqu'à la fin du neurone. L'axone peut être très long (plusieurs centimètres) et est souvent entouré d'une gaine de myéline.

4. La gaine de myéline

Cette enveloppe isolante recouvre l'axone et accélère la transmission des signaux électriques, un peu comme une gaine de plastique autour d'un fil électrique. Des cellules de Schwann sont réparties tout le long de l'axone et créent des espaces appelés « nœuds de Ranvier ».

5. Les boutons synaptiques

Situés à l'extrémité de l'axone (dans l'arborisation terminale), ces petites structures libèrent des substances chimiques appelées « neurotransmetteurs ». Ces substances permettent au signal de passer d'un neurone à un autre ou d'un neurone à un muscle.

6. La fibre nerveuse regroupe l'axone, la gaine de myéline et les boutons synaptiques.

DOCUMENT 3 Schéma d'un neurone

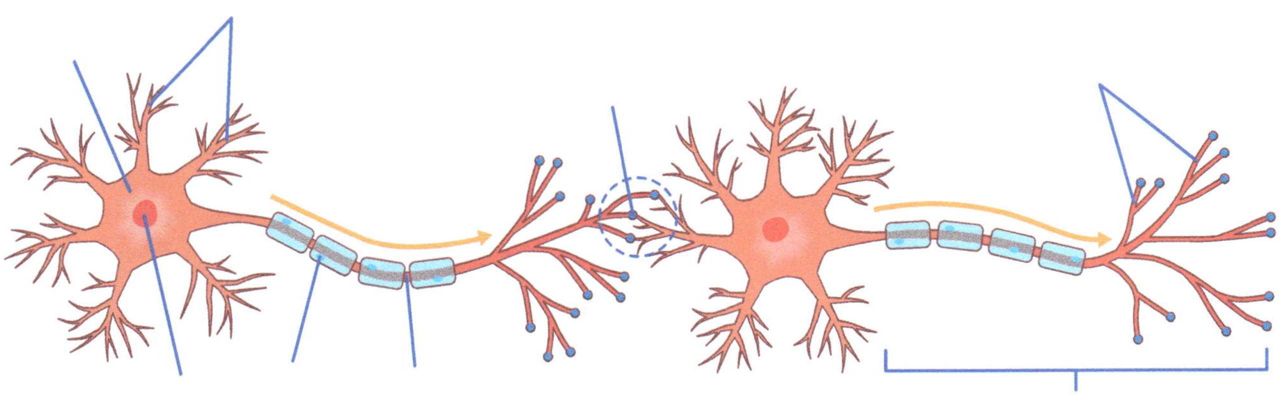

13 Par groupe de deux à trois élèves, étudier le document 2 et légender le schéma du neurone en document 3 en vous appuyant sur les informations trouvées dans le texte.

Activité 3 Expérience de laboratoire : observation de coupes histologiques de nerfs et fibres nerveuses

DOCUMENT 4 Les nerfs et fibres nerveuses

Définition d'une fibre nerveuse : CONSULTER LE SITE https://g5.re/ff1p5

Schémas du système nerveux : CONSULTER LE SITE https://g5.re/feg49

À partir des liens accessibles dans le document 4, répondre aux questions suivantes :

14 **Définir ce qu'est une fibre nerveuse et expliquer sa fonction principale dans le système nerveux.**

....

....

....

....

15 **Déterminer où trouver des fibres nerveuses dans le corps humain et présenter leur rôle dans la connexion entre les organes sensoriels ou moteurs.**

....

....

....

....

16 **Préciser en quoi une fibre nerveuse myélinisée se distingue d'une fibre nerveuse non myélinisée.**

....

....

....

3 Comment fonctionne l'influx nerveux ?

DOCUMENT 5 Le message nerveux

VISUALISER LA VIDÉO https://g5.re/fu1z8

17 Prendre des notes en visualisant la vidéo du document 5.

18 Réaliser une activité de groupe afin de comprendre le fonctionnement général de l'influx nerveux.

JE DÉCOUVRE
un métier

8 métiers du secteur de la santé et du social

À la découverte de métiers du secteur de la santé et du social grâce à Madeleine, une personne âgée que vous allez accompagner.

Cet escape game numérique permet d'aborder **8 métiers du secteur de la Santé et du Social :** Kinésithérapeute, Pyschomotricien(ne), Accompagnant(e) Éducatif et Social, Assistant(e) service social, Infirmier(ère), Aide-soignant(e), Ergothérapeute, Ambulancier(ère).

ESCAPE GAME
https://g5.re/fjxq4

1 **Jouer avec Madeleine, résoudre les énigmes afin de débloquer les fiches métiers.**

2 **Décrire, en une ou deux lignes, les missions de chaque professionnel(le).**

Profession	Missions
Kinésithérapeute	
Pyschomotricien(ne)	
Accompagnant(e) Éducatif et Social	
Assistant(e) service social	*Ex. : met en œuvre des dispositifs d'aide sociale afin de favoriser l'insertion sociale ou de prévenir l'exclusion de personnes généralement en difficulté.*
Infirmier(ère)	
Aide-soignant(e)	
Ergothérapeute	
Ambulancier(ère)	

PARTIE BPH

JE MÈNE L'ENQUÊTE...

LA SCLÉROSE EN PLAQUES

DOCUMENT Sclérose en plaques (SEP)

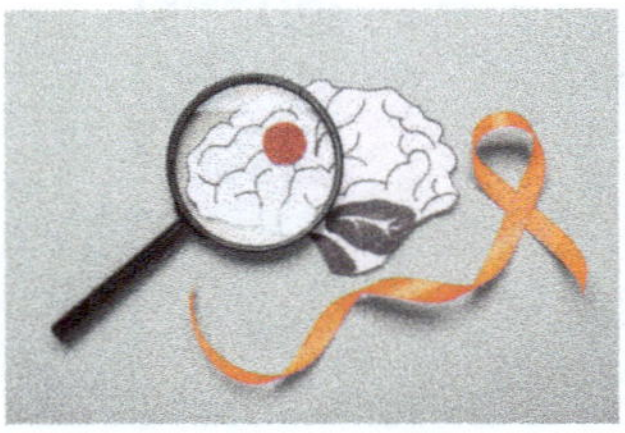

CONSULTER LE SITE

https://g5.re/fzay7

Présentation du cas

M. Martin, 72 ans, consulte son médecin pour une fatigue inhabituelle, des picotements dans les jambes, et des difficultés à marcher droit. Il mentionne également une vision trouble depuis quelques semaines, surtout dans l'œil gauche, et une sensation de faiblesse dans sa main droite qui rend l'écriture difficile.

Antécédents médicaux :

- *hypertension modérée ;*
- *aucun antécédent neurologique connu ;*
- *mode de vie actif avec un travail de bureau, mais ces derniers mois, il se sent plus fatigué et a réduit ses activités physiques.*

Examen clinique :

- **motricité :** *faiblesse légère de la main droite ;*
- **coordination :** *démarche instable ;*
- **vision :** *baisse de l'acuité visuelle de l'œil gauche (suspicion de névrite optique) ;*
- **sensibilité :** *picotements dans les deux jambes ;*
- **réflexes :** *réflexes vifs au niveau des jambes.*

Examens complémentaires :

1. **IRM cérébrale :** *présence de petites lésions caractéristiques dans le cerveau, correspondant à des zones où la gaine protectrice des nerfs (myéline) est endommagée ;*
2. **analyse du liquide céphalorachidien :** *mise en évidence de protéines spécifiques montrant une inflammation.*

Diagnostic :

Le diagnostic est posé pour M. Martin : il s'agit de la Sclérose En Plaques (SEP), une maladie auto-immune dans laquelle le système immunitaire attaque la gaine de myéline des nerfs.

Prise en charge proposée :

- **Traitements :**
  - *corticostéroïdes[1] pour réduire l'inflammation lors des crises ;*
  - *médicaments pour ralentir l'évolution de la maladie.*
- **Rééducation :**
  - *exercices de kinésithérapie pour améliorer l'équilibre et la coordination ;*
  - *aménagement de son poste de travail pour limiter les efforts.*

QUESTIONNEMENT

1. Donner les premiers symptômes ayant conduit M. Martin à consulter un médecin.
2. Expliciter en quoi l'IRM permet de confirmer le diagnostic de la sclérose en plaques.
3. Citer la raison pour laquelle la sclérose en plaques est classée parmi les maladies auto-immunes.

[1] Corticostéroïdes : hormones produites par une glande située au-dessus des reins.

SYNTHÈSE

JE FAIS LE POINT SUR LE THÈME « ÂGES EXTRÊMES DE LA VIE : GÉRONTOLOGIE »

SYNTHÈSE STSS

DÉFINITION DE LA PERTE D'AUTONOMIE

- Incapacité partielle ou totale à réaliser certains actes de la vie quotidienne.
- Besoin d'aide pour accomplir des gestes essentiels.

EXEMPLES D'ACTIVITÉS IMPACTÉES

- Se lever/coucher.
- Faire sa toilette.
- Manger.
- Faire ses courses.
- Se déplacer.

AIDES ET DISPOSITIFS

- Allocation Personnalisée d'Autonomie (APA), pour personnes de 60 ans et plus, sans condition de ressources, évaluation à l'aide d'une grille AGGIR (GIR 1 à 6).
- Services d'aide à domicile avec le bénéfice d'auxiliaires de vie qualifiées.
- Accès à la domotique, à du matériel médical adapté : lit médicalisé, lève-personne, déambulateur...

ENJEUX

- Anticipation de la perte d'autonomie à domicile.
- Soutien psychologique de la perte d'autonomie.
- Maintien de la qualité de vie pour la personne âgée.
- Prévention de l'isolement social.
- Soutien de l'aidant.

SYNTHÈSE BPH

La digestion et le système nerveux sont deux systèmes essentiels de notre corps :

LA DIGESTION

Elle transforme les aliments en nutriments utilisables grâce à des enzymes comme l'amylase dans la salive, et chaque organe a un rôle précis dans ce processus.
Des problèmes digestifs peuvent survenir avec l'âge ou à cause de mauvaises habitudes, et des professionnels comme les diététiciens peuvent aider à adapter notre alimentation.

LE SYSTÈME NERVEUX

Il repose sur les neurones, des cellules qui communiquent grâce à des signaux électriques. Des maladies comme la sclérose en plaques peuvent perturber ce système en attaquant la gaine de myéline qui protège les fibres nerveuses.
Comprendre ces systèmes et les problèmes qui peuvent les affecter est important pour prendre soin de la santé.

LEXIQUE A Z

- **AMYLASE :** enzyme présente dans la salive et le pancréas, responsable de la dégradation de l'amidon en glucose.
- **ANTI-INFLAMMATOIRES :** médicaments réduisant l'inflammation mais pouvant provoquer des effets secondaires digestifs tels que des ulcères ou des douleurs.
- **AXONE :** long prolongement d'un neurone qui conduit l'influx nerveux du corps cellulaire vers les synapses.
- **BALLONNEMENTS INTESTINAUX :** accumulation de gaz dans l'intestin, provoquant une sensation de gonflement abdominal.
- **BOL ALIMENTAIRE :** mélange d'aliments mâchés et de salive formé dans la bouche, qui est ensuite dégluti et passe dans l'œsophage.
- **CONSTIPATION :** diminution de la fréquence des selles ou difficulté à les évacuer.
- **DENDRITES :** prolongements du neurone captant les signaux provenant d'autres neurones.
- **DÉPENDANCE PERTE D'AUTONOMIE :** impossibilité pour une personne d'effectuer par elle-même certains actes essentiels de la vie, a besoin d'être aidée pour l'accomplissement de ces actes ou requiert une surveillance régulière dans son environnement habituel.
- **ENZYME DIGESTIVE :** protéine qui catalyse les réactions chimiques permettant de décomposer les aliments en nutriments simples absorbables.
- **FIBRE NERVEUSE :** structure regroupant l'axone et sa gaine de myéline.
- **GAINE DE MYÉLINE :** enveloppe isolante autour des axones, permettant une transmission rapide de l'influx nerveux.
- **INFLAMMATION :** réaction du système immunitaire contre des agressions ou des anomalies, pouvant affecter les nerfs dans la sclérose en plaques.
- **IRM CÉRÉBRALE :** Imagerie par Résonance Magnétique permettant d'identifier les lésions cérébrales.
- **MYÉLINE :** substance lipidique entourant les axones, facilitant la transmission des signaux nerveux.
- **NEURONE :** cellule spécialisée du système nerveux qui transmet des signaux électriques et chimiques.
- **NÉVRITE OPTIQUE :** inflammation du nerf optique provoquant une baisse de la vision.
- **RÉACTIF DE LUGOL :** solution iodée utilisée pour détecter la présence d'amidon, qui devient bleu-noir en sa présence.
- **SYNAPSE :** zone de contact entre deux neurones ou entre un neurone et une cellule cible, permettant le transfert de signaux.
- **VILLOSITÉS INTESTINALES :** structures microscopiques situées sur la paroi interne de l'intestin grêle, augmentant la surface d'absorption des nutriments.

THÈME 4 Santé et innovations

QUESTIONNEMENTS

STSS

▶ En quoi l'e-santé permet-elle de de relever certains défis de notre système de soins ?

BPH

✦ Qu'est-ce qu'un service de télémédecine ?
✦ Qu'est-ce que la génétique ?
✦ Est-ce que les tests génétiques de détection de caractéristiques familiales sont une bonne idée ?

NOTIONS ABORDÉES

• e-santé • Numérique en santé • Télémédecine • Téléconsultation • Téléassistance • Télé-expertise • Télésurveillance médicale • Gène • Génome • ADN • Dépistage génétique

Contexte

Pour l'Organisation Mondiale de la Santé (OMS), l'e-santé se définit comme « les services du numérique au service du bien-être de la personne ». Elle se définit également comme « l'utilisation des outils de production, de transmission, de gestion et de partage d'informations numérisées au bénéfice des pratiques tant médicales que médico-sociales ». Portée par le ministère des Solidarités et de la Santé, une stratégie nationale du numérique en santé a vu le jour en avril 2019. De cette stratégie découle une feuille de route qui s'articule autour de 5 grandes orientations et de 30 actions. Cette stratégie est le signe d'une réelle volonté politique et d'un engagement collectif au service des patients, devenus acteurs de leur santé, des professionnels et plus largement de tous les citoyens. La stratégie « Ma santé 2022 », initiée par le gouvernement, est censée favoriser une meilleure organisation des professionnels de santé qui devront travailler ensemble et mieux coopérer au service de la santé des patients.

esante.gouv.fr

1 Je découvre

DOCUMENT 1 L'e-santé, c'est quoi ?

VISUALISER LA VIDÉO

https://g5.re/fba5v

1 Donner une définition de l'e-santé à partir du commentaire de M. Yann Ferrari, directeur de l'e-santé de l'Université d'été, interviewé dans le document 1.

2 Présenter les différentes composantes de l'e-santé décrites par M. Ferrari.

3 Préciser si le phénomène de l'e-santé est un projet émergent.

4 Relever les limites des systèmes d'e-santé discutés dans l'interview.

2 Je m'interroge

1 Vous avez dit « e-santé » ?

DOCUMENT 2 Vers un numérique en santé

VISUALISER LA VIDÉO

https://g5.re/fqv26

DOCUMENT 3 Les quatre grands axes du numérique en santé

LA E-SANTÉ FRANÇAISE

La présente feuille de route décrit quant à elle nos chantiers prioritaires pour les cinq prochaines années, déclinés **en 4 axes, 18 priorités et 65 objectifs** avec des jalons temporels et une entité identifiée comme porteur principal, responsable de sa bonne mise en œuvre.

PRÉVENTION

AXE 1
Développer la prévention et rendre chacun acteur de sa santé

5 priorités

20 objectifs

PRISE EN CHARGE

AXE 2
Redonner du temps aux professionnels de santé et améliorer la prise en charge des personnes grâce au numérique

5 priorités

16 objectifs

ACCÈS À LA SANTÉ

AXE 3
Améliorer l'accès à la santé pour les personnes et les professionnels qui les orientent

4 priorités

11 objectifs

CADRE PROPICE

AXE 4
Déployer un cadre propice pour le développement des usages et de l'innovation numériques en santé

4 priorités

18 objectifs

esante.gouv.fr

DOCUMENT 4 Télémédecine : le succès va-t-il durer ?

Prise en charge par l'Assurance maladie depuis septembre 2018, la téléconsultation médicale peinait à se démocratiser et à s'ancrer dans les habitudes des médecins généralistes et spécialistes. Le confinement, instauré mi-mars pour lutter contre la pandémie de COVID-19, a fait exploser le recours à cette pratique, avec 1 million de téléconsultations enregistrées par la CNAM pour la seule semaine du 30 mars. Selon le Docteur Jean-Paul Ortiz, Président de la Confédération des Syndicats Médicaux Français (CSMF), cette crise va accélérer l'adoption de la téléconsultation, et, plus largement, de la télémédecine.

La télémédecine est définie par l'article L 6316-1 du Code de la santé publique comme : « *une forme de pratique médicale à distance utilisant les technologies de l'information et de la communication. Elle met en rapport, entre eux ou avec un patient, un ou plusieurs professionnels de santé, parmi lesquels figure nécessairement un professionnel médical et, le cas échéant, d'autres professionnels apportant leurs soins au patient.* ».

Pourquoi les médecins n'ont-ils pas saisi l'opportunité de recourir à la téléconsultation avant d'y être contraints par la pandémie ?

Dr Ortiz. – La crise sanitaire a joué le rôle d'accélérateur [...] il était nécessaire de réduire l'exposition des professionnels et de leurs patients au virus. Et l'appel lancé par les autorités à ne consulter qu'en cas d'urgence a été si bien entendu que les médecins généralistes, et les médecins spécialistes en particulier, ont vu leurs cabinets désertés du jour au lendemain. Ils se sont logiquement inquiétés du suivi de leurs patients, notamment ceux atteints de maladies chroniques (diabète, insuffisance cardiaque...), dont les risques sont accrus dans le contexte du COVID-19. La souscription aux plateformes en ligne permettant la prise de rendez-vous, l'appel vidéo et l'échange sécurisé de documents était jusque-là encore peu répandue chez les médecins. À la faveur de la crise, la plupart des acteurs du marché ont accordé des conditions tarifaires avantageuses (allant jusqu'à la gratuité temporaire), ce qui a permis de démocratiser l'utilisation de leurs solutions. Enfin, le temps de l'état d'urgence sanitaire, les autorités ont procédé à un assouplissement des règles de prise en charge de la téléconsultation par l'Assurance maladie et ont décrété une prise en charge à 100 % des actes de téléconsultation pour tous les patients. De 40 000 actes en téléconsultation au mois de février, nous sommes passés à un million pour la seule semaine du 30 mars ! 85 % de ces téléconsultations ont d'ailleurs été réalisées entre un patient et un médecin qui se connaissaient, donc dans le respect du parcours de soins.

Quels sont les avantages de la téléconsultation, au-delà de ceux liés au contexte actuel ?

Dr Ortiz. – Dans le plan « Ma santé 2022 », la téléconsultation est présentée notamment comme un moyen de lutter contre les inégalités géographiques d'accès aux soins. Pourtant, ce n'est pas évident, car les déserts médicaux recouvrent en partie les zones blanches, c'est-à-dire mal couvertes par les réseaux de télécommunication. Et c'est aussi au sein de ces zones, principalement rurales, que l'on trouve les personnes les moins familiarisées avec les nouvelles technologies. Aujourd'hui, les populations qui pratiquent le plus la téléconsultation sont les citadins, plutôt jeunes et appartenant aux CSP+. Auxquels s'ajoutent des grands-parents qui se sont mis à utiliser smartphones et tablettes pour garder le lien avec leurs enfants et petits-enfants. L'intérêt de la téléconsultation, en alternance avec la consultation au cabinet, est de simplifier le suivi des pathologies chroniques, ceci en limitant les déplacements des patients. Cela permet également d'accélérer le délai de prise en charge en cas d'urgence, de pathologie aiguë ponctuelle (les maladies hivernales par exemple) ou nécessitant le concours d'une spécialité peu commune. Enfin, la téléconsultation répond à une grande tendance de la médecine de demain : le patient est, de plus en plus, acteur de sa santé.

Une fois l'épidémie passée, le boom de la téléconsultation va-t-il s'estomper ?

Dr Ortiz – Le vaccin contre le COVID-19 n'existe pas encore, il est donc probable que la distanciation sociale soit la norme encore plusieurs mois. Il y aura sans doute un léger fléchissement du nombre de téléconsultations, mais je suis persuadé que la pratique s'est installée durablement dans les habitudes des médecins et des patients. Elle répond à un véritable besoin : fluidifier l'accès aux soins. Au 7 avril 2020, 30 000 médecins pratiquent désormais la téléconsultation de manière régulière. Il faudra progressivement y former l'ensemble des médecins et futurs médecins. À terme, cela ne signifie pas moins de consultations, mais une meilleure prise en charge des patients, et donc une meilleure efficacité de notre système de santé.

« Comment la crise du coronavirus booste la téléconsultation médicale », SANOFI, mai 2020.
www.sanofi.fr

5 Indiquer, à partir du document 2, les grandes orientations du virage numérique en santé.

6 Caractériser et analyser la situation décrite dans la partie « Je découvre » ainsi que les documents 2 à 4, en complétant la grille de questionnement Quintilien.

Questionnements à formuler QQOQCCP ?	Contenus / Notions à retenir
Qui ? Qui est concerné par la situation ? Population, acteurs (producteurs de données et intervenants du domaine sanitaire et social).	
Quoi ? Quels sont les faits constatés ? Quel est le problème ? De quoi parle-t-on ?	
Où ? Les différents niveaux de territoire.	
Quand ? Dates, repères historiques, contextes politiques, scientifiques, socio-économiques.	
Combien ? Combien de personnes sont concernées ? Indicateurs, données statistiques, les disparités…	
Comment ? Comment a-t-on chiffré ? Comment a-t-on connaissance du problème ? Quelles sont les procédures ? Les méthodes ? Les moyens utilisés ? Quelles sont les contraintes ?	• **Causes de l'essor de la télémédecine :** *Pourquoi la télémédecine était très peu utilisée avant la crise de la COVID-19 ?* *Pourquoi la télémédecine est très utilisée dans le contexte de la crise de la COVID-19 ?*
Pourquoi cette situation ? Pourquoi en parle-t-on ? Quelles sont les causes à l'origine du problème ?	• **Les conséquences du phénomène :** • **Cette nouvelle utilisation :**

2 La télémédecine

DOCUMENT 5 L'accès pour tous à la télémédecine

La téléconsultation : réaliser une consultation médicale via un système de visioconférence

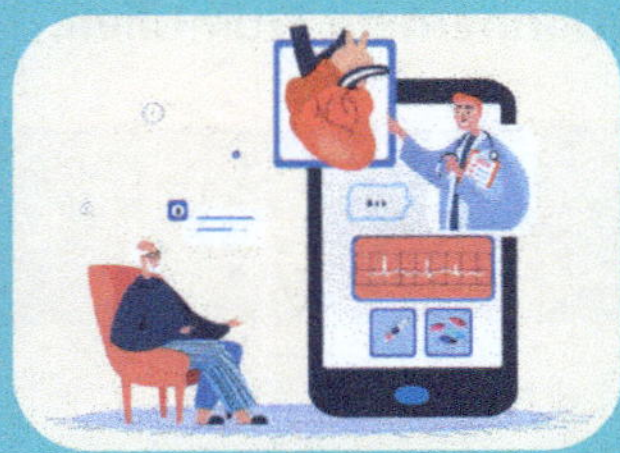

La télé-expertise : solliciter à distance un spécialiste pour un avis ou un diagnostic médical

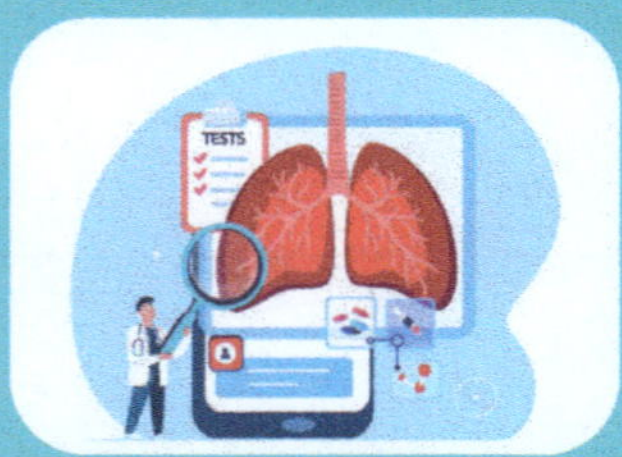

La télésurveillance : assurer un suivi préventif, post-thérapeutique ou la surveillance d'un patient

La téléassistance : permettre à un médecin d'assister un confrère à distance pour la réalisation d'un acte médical

www.grandest.fr

Mme Dupont, 72 ans, vit seule dans un village reculé. Elle souffre de diabète et d'hypertension artérielle. Son médecin traitant est situé à 30 km de son domicile, ce qui rend les consultations difficiles.

À l'aide du document 5, répondre aux questions suivantes :

7 Indiquer les modalités de la télémédecine qui pourraient être mises en place pour prendre en charge Mme Dupont, en cochant la (ou les) bonne(s) réponse(s) :

- ☐ Téléconsultation.
- ☐ Télé-expertise.
- ☐ Télésurveillance médicale.
- ☐ Téléassistance.

8 Repérer les avantages de la télémédecine dans cette situation en cochant d'une croix la (ou les) bonne(s) réponse(s).

- ☐ Meilleur accès aux soins.
- ☐ Suivi médical renforcé.
- ☐ Réduction des coûts de santé.

9 Présenter les limites et les défis à prendre en compte dans la mise en place de la télémédecine pour Mme Dupont.

JE DÉCOUVRE *un métier*

Je découvre le métier d'infirmier(ère)

DOCUMENT 1 Présentation du métier d'infirmier(ère)

VISUALISER LA VIDÉO
https://g5.re/ffqeb

VISUALISER LA VIDÉO
https://g5.re/fnznv

DOCUMENT 2 Fiche ONISEP du métier d'infirmier(ère)

CONSULTER LE SITE
https://g5.re/fd54x

Regarder, par groupe de quatre, les deux vidéos présentant le métier d'infirmière/re, puis répondre aux questions suivantes :

1 **Présenter les différents rôles du métier d'infirmier(ère).**

2 **Indiquer les types de professionnels avec qui l'infirmier(ère) diplômé(e) d'État travaille au quotidien.**

3 **Relever les valeurs essentielles de ce métier mises en avant dans les vidéos.**

4 **Énumérer les lieux où ce métier peut être exercé.**

5 **Identifier, d'après les témoignages de la seconde vidéo, les aspects du métier que les infirmiers(ères) apprécient le plus :**
- **Quels aspects de leur travail les passionnent ?**
- **Quelles tâches ou interactions trouvent-ils/elles les plus gratifiantes ?**
- **Quels sont les moments où ils/elles ressentent le plus de satisfaction professionnelle ?**

6 **Relever, à partir du document 2, les cinq attendus de la plateforme de Parcoursup pour être admis(e) en Institut de Formation en Soins Infirmiers (IFSI).**

PARTIE STSS

JE MÈNE L'ENQUÊTE...

LES AVANTAGES ET INCONVÉNIENTS DE LA TÉLÉCONSULTATION

Dans le cadre d'un projet de classe sur l'e-santé, vous participez à une enquête de terrain initiée par l'Agence Régionale de Santé (ARS) de votre région. L'objectif est de recueillir les opinions des patients sur les avantages et les inconvénients de la téléconsultation.

Votre mission est de concevoir et administrer une enquête par questionnaire permettant d'évaluer la perception des patients sur la télémédecine.

ENQUÊTE PAR QUESTIONNAIRE

1. Rédiger une dizaine de questions pertinentes (questions ouvertes, fermées et à choix multiples) permettant d'évaluer l'expérience des patients, leurs attentes et leurs réticences vis-à-vis de la téléconsultation.
2. Traiter et synthétiser les réponses obtenues sous forme de graphiques ou tableaux. Identifier les principaux avantages et inconvénients mentionnés par les répondants.
3. Rédiger un court rapport présentant les résultats de l'enquête et les conclusions.
4. Préparer une présentation orale ou un support visuel (diaporama, affiche) pour partager les conclusions avec la classe.

1 Je découvre

DOCUMENT 1 Qu'est-ce que l'e-santé ?

La transformation numérique du système de santé :

CONSULTER LE SITE

https://g5.re/fbmek

Ce que l'e-santé fait pour vous :

CONSULTER LE SITE

https://g5.re/f14ch

Définition de l'e-santé :

CONSULTER LE SITE

https://g5.re/fdutd

Commencer par vous renseigner sur ce qu'est l'e-santé en utilisant les liens à consulter dans le document 1.

1 **Par groupe d'élèves, découvrir les notions en réalisant une carte mentale des principales informations récoltées.**

2 Je m'interroge

1 Comment suivre sa santé de manière connectée ?

Activité 1 Applications et suivi de santé

Vous et vos proches avez accès à une certaine quantité de données relevant de la médecine et de la santé.

L'e-santé, ou santé numérique, désigne l'utilisation des technologies numériques pour améliorer les soins de santé. Cela inclut des outils comme les applications mobiles de santé, les objets connectés, la téléconsultation, et l'analyse des données médicales grâce à l'intelligence artificielle (IA). Ces innovations transforment la manière dont nous veillons à notre santé et la façon dont les professionnels de santé travaillent.

2 **Consulter son smartphone, sa montre connectée, ou autres informations de santé. Rechercher sur Internet les différents moyens de suivre sa santé. Ensuite, comparer ses informations à celles de ses voisins.**

....

....

....

3 **Identifier les différents bienfaits que cela peut apporter.**

....

....

....

4 **Identifier les limites et les défis actuels de l'e-santé.**

....

....

5 **Conclure sur ce que propose l'e-santé dans le système de santé.**

....

....

....

Activité 2 Comment se développe la télémédecine ?

6 **Par groupes, les élèves simulent une consultation de télémédecine, en utilisant des outils de visioconférence et l'aide méthodologique page suivante. Ils discutent ensuite des avantages et des défis de cette pratique pour les patients et les professionnels de santé.**

Exemples de scénarios possibles :

1. ***Douleurs abdominales :*** *patient évoquant des crampes régulières après les repas.*
2. ***Fatigue persistante :*** *patient ayant des troubles du sommeil et une sensation d'épuisement constant.*
3. ***Douleurs musculaires :*** *patient actif se plaignant de douleurs dans un bras après une chute récente.*

Aide méthodologique « Simulation d'entretien »

Étape 1 : Introduction (10 minutes)

- Présentation rapide de ce qu'est la télémédecine :
  - définir la télémédecine (consultation médicale à distance) ;
  - donner des exemples d'usages (consultations de suivi, conseils médicaux pour les zones isolées, etc.) ;
  - expliquer les avantages et les limites.

Étape 2 : Simulation de la consultation (15 minutes)

- Les élèves, dans les rôles de patient, et médecin utilisent la plateforme de visioconférence pour simuler une consultation :
  1. Le médecin se connecte et accueille le patient virtuellement.
  2. Le patient décrit ses symptômes.
  3. Le médecin pose des questions pour affiner le diagnostic.
  4. Le médecin propose un diagnostic provisoire et des conseils (repos, traitement, examen complémentaire).

Étape 3 : Débriefing en groupe (15 minutes)

- Retour sur la simulation :
  - Quels ont été les points forts de la consultation ?
  - Quelles questions auraient pu être posées pour un diagnostic plus précis ?
  - Comment améliorer la communication entre médecin et patient ?
- Discussion sur les avantages et les limites observés dans cette méthode de consultation.

Activité 3 Les nanotechnologies

DOCUMENT 2 Que sont les nanotechnologies ?

Les nanotechnologies sont des techniques qui permettent de manipuler et de créer des matériaux ou des objets à l'échelle nanométrique, c'est-à-dire de l'ordre du milliardième de mètre (moins de 100 nanomètres). À cette échelle, les propriétés des matériaux changent et offrent des possibilités inédites en sciences, technologies et médecine.

La nanomédecine est l'application des nanotechnologies à la santé. Elle permet par exemple :

- de concevoir des médicaments capables de cibler précisément les cellules malades, comme dans certains traitements contre le cancer ;
- de fabriquer des outils miniatures pour détecter des maladies très tôt ;
- d'améliorer les implants médicaux grâce à des matériaux innovants.

DOCUMENT 3 Comprendre la nanomédecine

Définition de la nanomédecine :

CONSULTER LE SITE

https://g5.re/f63nm

Découvrir l'essentiel de la nanomédecine :

CONSULTER LE SITE

https://g5.re/fm8kw

7 Par groupe de 3 à 4 élèves, créer une infographie avec un logiciel de mise en page (vous pouvez par exemple utiliser Canva) à présenter au reste du groupe classe, sur une application spécifique des nanotechnologies appliquées à la médecine.

- **Les sujets doivent être adaptés à la temporalité. Quelques exemples :**
  - *nanoparticules pour le traitement du cancer ;*
  - *nanocapteurs pour le diagnostic précoce ;*
  - *nanocomposites pour la régénération osseuse ;*
  - *liposomes pour la délivrance ciblée de médicaments.*
- **Dans l'infographie, on pourra retrouver :**
  - *le principe de fonctionnement de l'application ;*
  - *les avantages par rapport aux techniques traditionnelles ;*
  - *les défis potentiels ou limites ;*
  - *les implications éthiques et sociétales.*

2 Quels sont les liens entre génome, gène et hérédité ?

DOCUMENT 4 L'ADN

L'ADN (Acide DésoxyriboNucléique) est une molécule essentielle à la vie. Il contient toutes les informations nécessaires pour construire et faire fonctionner un organisme, qu'il s'agisse d'un être humain, d'un animal, d'une plante ou même d'une bactérie. L'ADN se trouve dans le noyau des cellules, organisé sous forme de chromosomes. Chez l'être humain, il y a 46 chromosomes regroupés en 23 paires.

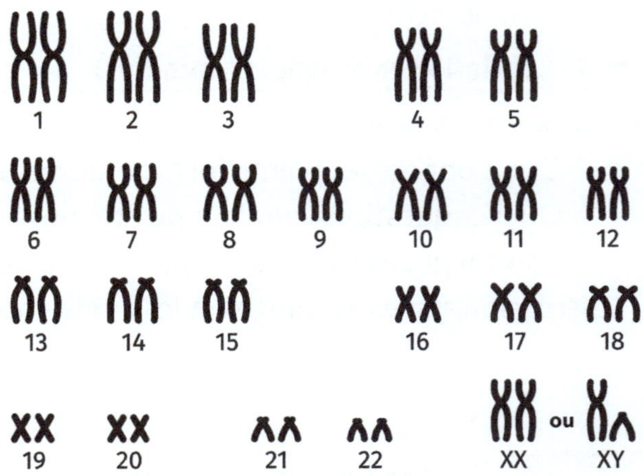

DOCUMENT 5 Le génome

Le génome est l'ensemble de l'ADN d'un organisme. Il contient des milliers de gènes, qui sont des portions spécifiques d'ADN. Chaque gène porte les instructions pour fabriquer une protéine, essentielle à une fonction particulière dans l'organisme (par exemple, la couleur des yeux ou la production d'enzymes). L'ADN est composé de quatre bases : adénine (A), thymine (T), cytosine (C) et guanine (G). Ces bases forment des paires (A avec T, C avec G) pour constituer une structure en double hélice.

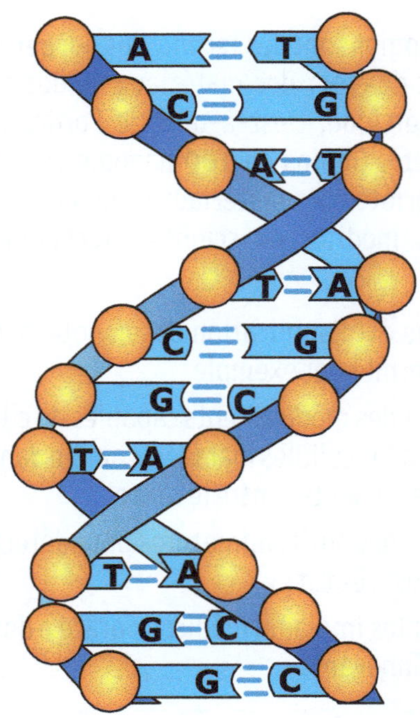

DOCUMENT 6 Hérédité et transmission des caractères

Les êtres humains héritent de l'ADN de leurs parents biologiques : la moitié de leur génome provient de leur mère et l'autre moitié de leur père. Cela se passe lors de la fécondation, quand le spermatozoïde (qui contient 23 chromosomes) rencontre l'ovule (qui contient également 23 chromosomes).

Chaque individu possède donc deux copies de chaque gène : une copie héritée du père et une autre de la mère. Cela signifie qu'il possède deux allèles pour chaque gène, qui peuvent être identiques ou différents. Si les deux allèles sont identiques, on parle d'un individu homozygote pour ce gène. Si les allèles sont différents, l'individu est hétérozygote.

Dans le cas d'une maladie récessive donc qui ne s'exprime que lorsque les deux allèles sont atteints, un enfant développe la maladie s'il récupère chaque allèle atteint de ses parents. Ainsi les parents sont dits « porteurs sains », et l'enfant « atteint ».

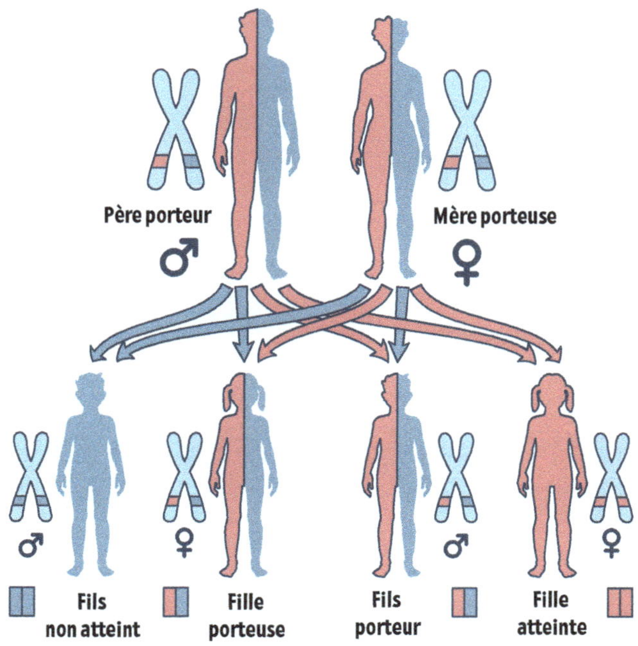

DOCUMENT 7 Les allèles : variations des gènes

Chaque gène peut exister sous différentes versions appelées « allèles ». Par exemple, le gène qui détermine la couleur des yeux peut avoir un allèle pour les yeux bleus et un autre pour les yeux marrons. Ces variations expliquent les différences entre les individus.

DOCUMENT 8 Dominance et récessivité

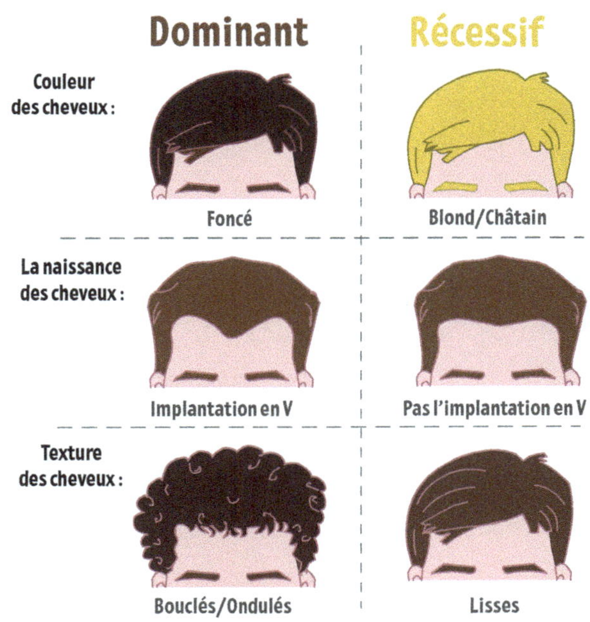

Dans certains cas, un allèle est dit « dominant », ce qui signifie qu'il détermine le caractère visible, même si l'autre allèle est présent. Par exemple, pour le gène de la couleur des yeux, l'allèle pour les yeux marron est dominant sur celui des yeux bleus, qui est dit « récessif ». Ainsi, une personne ayant un allèle marron et un allèle bleu aura les yeux marron.

DOCUMENT 9 Mutations et diversité génétique

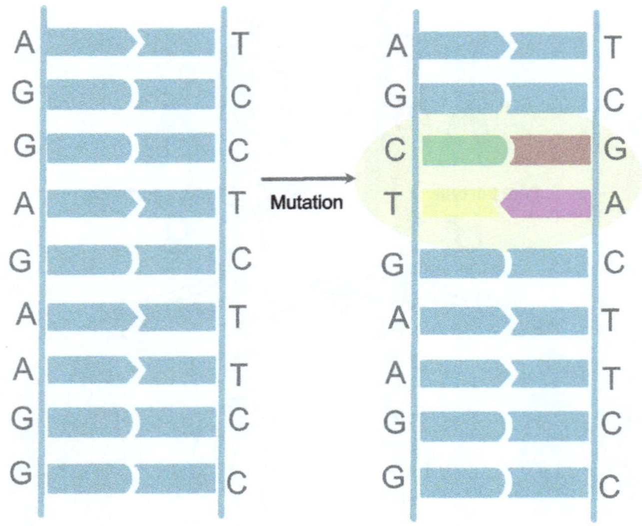

Parfois, des changements se produisent dans l'ADN. Ces changements, appelés « mutations », peuvent modifier un gène. Certaines mutations n'ont aucun effet, mais d'autres peuvent causer des maladies ou, au contraire, offrir des avantages. Ce mécanisme est l'une des sources de la diversité génétique, essentielle à l'évolution des espèces.

Un exemple simple est le groupe sanguin d'un individu. Déterminés par le gène du même nom, les allèles possibles sont appelés « A » (pour la production de la protéine A), « B » (pour la production de la protéine B), et « O » (pour l'absence de production de protéine). Il y a deux allèles dans un génome, donc toutes les combinaisons sont possibles.

8 **Après avoir consulté les documents 4 à 9, remplir le tableau suivant afin de déterminer toutes les possibilités de génome du groupe sanguin d'un enfant, en fonction de l'allèle transmis par les deux parents.**

Mère / Père	A	B	O
A			
B			
O			

PARTIE BPH

JE MÈNE L'ENQUÊTE...

LES TESTS GÉNÉTIQUES SONT-ILS TOUS AUTORISÉS ?

DOCUMENT L'éthique des tests génétiques

Il est aujourd'hui techniquement possible de détecter n'importe quel allèle dans le génome d'un individu. Les tests génétiques « grand public » permettent d'explorer des aspects variés de l'ADN, comme les origines ethniques, les prédispositions à certaines maladies ou les traits de personnalité. Ces tests suscitent un engouement, mais leur utilisation soulève des questions éthiques, légales et médicales, notamment en France où ils sont interdits.

En effet, en France, les tests génétiques médicaux sont strictement encadrés et nécessitent une prescription médicale. Ils permettent :

1. le diagnostic de maladies génétiques : confirmer des pathologies comme la mucoviscidose ou la maladie de Huntington ;
2. l'évaluation des risques : identifier des prédispositions à certaines maladies, comme les mutations BRCA pour le cancer du sein ;
3. les tests prénataux : dépistage de maladies comme la trisomie 21 (DPNI) ou diagnostic préimplantatoire (DPI) en PMA ;
4. la compatibilité pour greffes : tests HLA pour les greffes d'organes ou de moelle osseuse ;
5. l'identification des maladies rares : identifier des anomalies génétiques pour des pathologies spécifiques.

Tous les tests sont réalisés sous supervision médicale, avec consentement éclairé et dans un cadre strictement confidentiel. Les tests récréatifs sont interdits en France.

ENQUÊTE PAR DÉBAT

Mener un débat à partir de la problématique : « Les tests génétiques en vente libre : bénéfiques ou dangereux pour la société ? ».

SYNTHÈSE

JE FAIS LE POINT SUR LE THÈME « SANTÉ ET INNOVATIONS »

SYNTHÈSE STSS

L'e-santé, santé numérique ou information numérique sur la santé est un ensemble de techniques de communication des informations médicales qui permet aux personnes recevant des soins médicaux de participer à la gestion de leur santé en accédant à des informations médicales fiables. La télésanté se déploie pour permettre à tous un accès à distance aux soins médicaux et paramédicaux. Il s'agit d'une forme de pratique médicale à distance utilisant les technologies de l'information et de la communication. Il s'agit d'une pratique médicale à distance via la voie de nouvelles technologies. Elle permet notamment d'établir un diagnostic, d'assurer un suivi médical, de prescrire des produits de santé. Elle se traduit notamment par la téléconsultation et la télésurveillance.

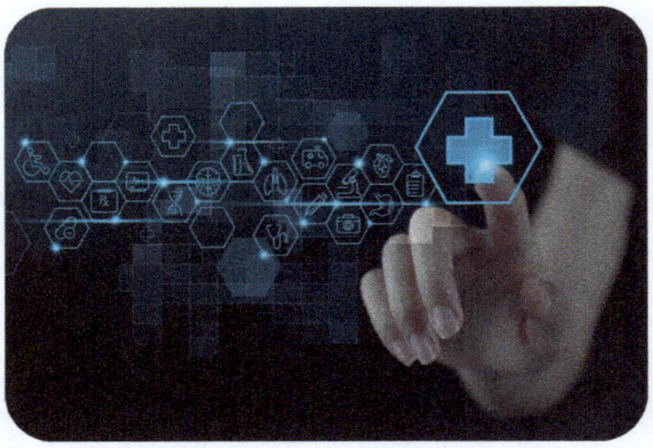

LA TÉLÉCONSULTATION

Elle consiste, pour un(e) professionnel(le) médical(e), à donner une consultation à distance à un patient. Un autre professionnel de santé peut être présent auprès de vous et, le cas échéant, assister le professionnel médical à distance au cours de la téléconsultation. Tout assuré peut bénéficier de la téléconsultation. Elle est mieux remboursée dans le cadre du parcours de soins.

TÉLÉ-EXPERTISE

La télé-expertise permet à un professionnel de santé (infirmier(ère), orthophoniste...) de solliciter à distance l'avis d'un ou de plusieurs professionnels médicaux (médecin, sage-femme) en raison de leurs formations ou compétences particulières, sur la base des informations de santé liées à la prise en charge d'un patient.

Toutes les situations médicales sont susceptibles d'être concernées par la télé-expertise. La télé-expertise permet, par exemple, de donner un avis de spécialiste au médecin généraliste (diabétologie, cardiologie, dermatologie...) ou de demander un avis à des spécialités rares (*exemple : oncologie*).

LA TÉLÉSURVEILLANCE

Elle permet à un professionnel médical d'interpréter à distance, grâce à l'utilisation d'un dispositif médical numérique, les données de santé du patient recueillies sur son lieu de vie et de prendre des décisions relatives à sa prise en charge.

TÉLÉASSISTANCE MÉDICALE

La téléassistance médicale a pour objet de permettre à un professionnel médical d'assister à distance un autre professionnel médical au cours de la réalisation d'un acte.

SYNTHÈSE BPH

Les avancées technologiques transforment notre approche de la santé :

L'E-SANTÉ

Elle utilise les outils numériques pour améliorer les soins, comme le suivi connecté et la télémédecine, qui permettent de consulter un médecin à distance.

LES TESTS GÉNÉTIQUES

Il est crucial de comprendre les liens entre ADN, gènes et hérédité, tout en étant conscient que leur utilisation est strictement encadrée par la loi en France pour des raisons éthiques et médicales.
Ces nouvelles approches soulèvent des questions importantes sur l'accès aux soins, la protection des données et les limites de la technologie.

LES NANOTECHNOLOGIES

Elles manipulent la matière à l'échelle atomique, offrent des traitements ciblés contre le cancer et améliorent les diagnostics.

LEXIQUE A Z

- **ADN (ACIDE DÉSOXYRIBONUCLÉIQUE) :** molécule située dans le noyau des cellules contenant les informations génétiques nécessaires pour construire et faire fonctionner un organisme.
- **ALLÈLE :** différentes versions d'un même gène, responsables des variations d'un trait *(par exemple, la couleur des yeux ou des cheveux)*.
- **APPLICATIONS MOBILES DE SANTÉ :** logiciels téléchargeables sur smartphone permettant de surveiller des données personnelles liées à la santé *(par exemple, la fréquence cardiaque, la qualité du sommeil ou le suivi des traitements)*.
- **BRCA (GÈNES BRCA1 ET BRCA2) :** gènes dont certaines mutations augmentent le risque de développer certains cancers, notamment le cancer du sein et des ovaires.
- **CONSENTEMENT ÉCLAIRÉ :** accord donné par une personne après avoir été informée de manière claire et complète sur les implications d'un acte médical ou d'un test.
- **CYBER SANTÉ :** utilisation des technologies numériques dans le domaine de la santé.
- **DÉPISTAGE PRÉNATAL NON-INVASIF (DPNI) :** test réalisé à partir d'un échantillon de sang maternel pour détecter des anomalies génétiques fœtales sans risquer de perturber la grossesse.
- **DIAGNOSTIC PRÉIMPLANTATOIRE :** test génétique réalisé sur des embryons obtenus par fécondation *in vitro* pour détecter des anomalies avant leur implantation dans l'utérus.
- **DIAGNOSTIC PRÉNATAL :** tests réalisés pendant la grossesse pour détecter d'éventuelles anomalies génétiques ou maladies chez le fœtus *(par exemple, la trisomie 21)*.
- **DOSSIER MÉDICAL PARTAGÉ (DMP) :** fichier numérique contenant l'historique médical d'un patient, accessible aux différents professionnels de santé impliqués dans son suivi.
- **E-SANTÉ :** ensemble des Technologies de l'Information et de la Communication (TIC) utilisées dans le domaine de la santé pour améliorer la gestion des soins, l'accès aux services médicaux et le suivi des patients.
- **E-SANTÉ PRÉVENTIVE :** utilisation de technologies numériques pour la prévention des maladies, comme les applications de suivi de mode de vie, la surveillance des facteurs de risque, ou l'éducation à la santé.
- **GÈNE :** segment d'ADN contenant les instructions pour fabriquer une protéine, qui détermine une caractéristique ou une fonction spécifique dans l'organisme.
- **GÉNOME :** ensemble de l'ADN d'un organisme contenant les instructions génétiques nécessaires pour le développement et le fonctionnement de l'organisme.
- **HÉRÉDITÉ :** transmission des caractéristiques génétiques des parents à leur progéniture via l'ADN.
- **LIPOSOMES :** petites structures en forme de sphères, composées de lipides, utilisées pour délivrer des médicaments de manière ciblée dans l'organisme.
- **MUTATION :** modification de l'ADN qui peut être sans effet, bénéfique ou néfaste, et qui contribue à la diversité génétique.
- **NANOMÉDECINE :** application des nanotechnologies en santé, visant à développer des traitements ciblés *(par exemple, nanoparticules pour le cancer)* ou des outils miniatures pour un diagnostic précoce.
- **NANOTECHNOLOGIES :** techniques permettant de manipuler la matière à une échelle nanométrique (milliardième de mètre), utilisées pour concevoir des matériaux ou outils innovants en médecine, sciences et technologie.
- **OBJETS CONNECTÉS DE SANTÉ :** dispositifs technologiques (montres, capteurs, balances intelligentes) qui mesurent et partagent des données de santé en temps réel.
- **SANTÉ NUMÉRIQUE :** ensemble des technologies et outils numériques qui facilitent la gestion des soins, la prévention et l'amélioration de la santé via des dispositifs connectés, des plateformes et des applications.
- **SYSTÈME D'INFORMATION DE SANTÉ (SIS) :** infrastructure numérique permettant la collecte, le traitement et la gestion des informations de santé au sein d'un établissement de santé ou d'un réseau de soins.
- **TESTS GÉNÉTIQUES :** analyses de l'ADN visant à détecter des caractéristiques spécifiques, comme des prédispositions à certaines maladies, des origines ethniques ou des mutations.
- **TESTS RÉCRÉATIFS :** tests génétiques réalisés en dehors du cadre médical pour des objectifs personnels *(par exemple, connaître ses origines génétiques)*, souvent interdits ou réglementés dans certains pays comme la France.

THÈME 5 Handicap et inclusion au quotidien

QUESTIONNEMENTS

STSS

- Quels sont les principaux défis sportifs à relever pour construire une société inclusive pour les personnes en situation de handicap ?
- En quoi les Jeux Paralympiques contribuent-ils à l'inclusion des personnes handicapées dans le sport et dans la société ?

BPH

- Quels éléments du corps humain assurent le soutien de son poids ?
- Comment le mouvement du corps humain est-il créé ?
- Pourquoi une personne en situation de handicap moteur ne peut-elle plus mobiliser certains de ses membres ?
- Qu'est-ce qu'une maladie génétique ?
- De quelle manière un gène défaillant peut-il entraîner l'apparition de symptômes ?
- Comment se traitent aujourd'hui les maladies génétiques ? Et demain ?

NOTIONS ABORDÉES

• Société inclusive • Handicap • Différentes formes de handicaps • Intégration, inclusion déficience acquise, déficience congénitale • Appareil locomoteur • Squelette • Jonction neuromusculaire • Maladie génétique

Mise en situation

Le ministère conduit une politique volontariste, afin que le sport soit un outil de promotion individuelle, d'intégration sociale et professionnelle, favorisant la santé et l'autonomie des personnes. L'accès aux pratiques sportives et aux activités physiques de leur choix pour les personnes handicapées est une priorité. Depuis 2005, la loi pour l'égalité des droits et des chances, la participation et la citoyenneté des personnes handicapées apporte un cadre législatif précis en rendant obligatoire l'accès aux droits fondamentaux reconnus à tous les citoyens ainsi que le plein exercice de leur citoyenneté. Le Président de la République a choisi de faire du handicap une des priorités de son quinquennat, et, de ce fait, a engagé l'action de son gouvernement, ainsi que celle de l'ensemble des administrations, dans la construction de réformes et de stratégies en faveur d'une société plus inclusive.

Dans le sport, l'inclusion sociale peut notamment se traduire, pour tout un chacun, par la possibilité d'accéder et de pratiquer l'activité physique et sportive de son choix et de l'appréhender au niveau amateur ou à haut niveau. Aussi, pour le ministère des Sports et des Jeux Olympiques et Paralympiques, l'enjeu principal a tout naturellement été de créer, d'une part, les conditions qui permettront d'augmenter le nombre de pratiquants en situation de handicap et de permettre, d'autre part, aux sportifs de haut niveau des disciplines paralympiques de contribuer à l'objectif d'une équipe de France olympique et paralympique plus performante.

[...] Le 23 mai 2023, Amélie Oudea-Castera, ministre des Sports et des Jeux Olympiques et Paralympiques, et Geneviève Darrieussecq ont réuni les acteurs du sport et du handicap, pour un atelier du cycle d'Impulsion Politique et de Coordination Stratégique (IPCS), consacré à la pratique sportive des personnes en situation de handicap. À cette occasion, la ministre a annoncé la mise en place d'une conférence permanente du parasport. Celle-ci a été installée le 23 novembre 2023. La conférence est amenée à se réunir une à deux fois par an pour faire l'état des lieux de l'avancée des mesures sport et handicap et présenter les prospectives.

www.sports.gouv.fr

1 Je découvre

DOCUMENT 1 Discours officiel de Tony Estanguet, Président des Jeux de Paris 2024, de la cérémonie d'ouverture des Jeux Paralympiques

Discours de Tony Estanguet aux athlètes

« Chers athlètes,

Chers amoureux des Jeux en France et partout dans le monde, bienvenue au pays de l'amour… et de la révolution. Car ce soir débute la plus belle des révolutions : la révolution paralympique. Ce soir, les révolutionnaires, c'est vous, chers athlètes. De nos ancêtres au bonnet phrygien, vous avez le panache et l'audace. Des révolutionnaires du monde entier, vous avez le courage et la détermination. Comme eux, vous vous battez pour une cause qui vous dépasse. Mais vos armes à vous, ce sont les performances. Vos armes à vous, ce sont les records. Vos armes à vous, ce sont les émotions du sport.

Même si vos histoires de vie sont toutes singulières, on vous a souvent fait la liste de tout ce que vous ne pouviez pas faire. Jusqu'au jour où vous avez poussé la porte d'un club de sport. Ce jour-là, vous avez su que le sport, lui, ne vous mettrait aucune limite. Ce jour-là, vous avez su qu'il ne vous enfermerait dans aucune case. Comme tous les athlètes, vous vous êtes entraînés, vous avez sué, vous avez échoué, vous vous êtes relevés… Et vous êtes devenus les immenses champions qui nous font l'honneur d'être avec nous ce soir.

Ce qui fait de vous des révolutionnaires, c'est que quand on vous a dit « non », vous avez continué. Quand on vous a dit « handicap », vous avez répondu : « performance ». Quand on vous a dit que c'était impossible, vous l'avez fait. Et ce soir, vous nous invitez à vous rejoindre pour mener ensemble cette révolution paralympique. Ce soir, vous nous invitez à changer de regard, à changer d'attitude, à changer de société, pour enfin donner toute sa place à chacun.

Parce que quand le sport va commencer, on ne verra plus des femmes et des hommes avec un handicap, on vous verra vous : on verra des champions. Avec vous, on va revivre ce que le sport a de plus beau : on sera comme des gosses quand vous serez sur la ligne de départ, on sera comme des coachs quand viendra la balle de match, on sera comme des fous quand vous franchirez la ligne d'arrivée !

Comme avec les athlètes olympiques, à chacune de vos victoires, c'est tout un pays qui sera fier ensemble. Mais votre force, c'est qu'à chacune de vos victoires, c'est aussi tout un pays qui va changer. À chacune de vos victoires, le monde va progresser. Parce que chacune des émotions que vous allez nous faire vivre portera en elle un message qui, lui, ne s'effacera jamais : vous n'avez aucune limite, alors arrêtons de vous en mettre. C'est ça, la révolution paralympique. Une révolution douce, mais qui va changer chacune et chacun d'entre nous en profondeur, pour toujours. Une révolution individuelle, mais avec **une portée universelle**.

Un changement soudain : le 9 septembre, nous nous réveillerons différents. Il y a peu d'évènements capables de rendre le monde meilleur. Les Jeux Paralympiques ont ce pouvoir inégalé, non seulement de nous faire vibrer, mais de nous transformer. Chaque cri, chaque émotion, chaque battement de cœur que vous avez provoqué, a contribué à changer les regards sur le sport et sur le handicap. [....]

Cérémonie de Clôture le 8 septembre 2024 : Grâce à vous, nous avons pu voir ce à quoi ressemble une **société inclusive**. Grâce à vous, la révolution paralympique est lancée, et il n'y aura pas de retour en arrière possible [...]. Alors ce soir, je veux remercier le Comité International Paralympique et son Président, Andrew Parsons : merci de nous donner cette opportunité unique de révolutionner notre façon de voir le monde ».

presse.paris2024.org

1 Énoncer, après une lecture attentive du document 1, ce que nous pouvons retenir du discours de Tony Estanguet, Président des Jeux de Paris 2024, lors de la cérémonie d'ouverture des Jeux Paralympiques. Citer les messages qu'il souhaite transmettre à propos du sport, de l'inclusion et des athlètes paralympiques.

2 Définir ce que M. Estanguet entend dans l'expression « société inclusive ». Énoncer dans un premier temps la définition du terme « inclusion » et indiquer en quoi les Jeux Paralympiques contribuent à l'inclusion des personnes handicapées dans le sport et dans la société.

3 Indiquer, selon le contexte proposé, l'enjeu principal du ministère des Sports et des Jeux Olympiques et Paralympiques en matière d'inclusion sociale.

2 Je m'interroge

1 Définition du handicap et représentations sociales

DOCUMENT 2 Le handicap en chiffres – Combien y a-t-il de personnes handicapées en France aujourd'hui, et qui sont-elles ?

Afin de tenir compte des différentes approches du handicap et d'éviter de privilégier l'une d'entre elles en en faisant une définition « officielle », cet ouvrage ne prétend pas donner « le » nombre de personnes handicapées en France. L'absence d'un chiffre unique du handicap répond en réalité à la pluralité des façons d'appréhender cette notion, ayant chacune leur pertinence et méritant d'être croisées pour éclairer ses différentes facettes. Le dénombrement des personnes handicapées est sensible aux critères retenus pour repérer statistiquement ces dernières. Ainsi, en 2022, en France métropolitaine, 14,5 millions de personnes de 15 ans ou plus (28 %) déclarent avoir au moins une limitation fonctionnelle sévère (comme avoir des problèmes de vue ou d'audition malgré une correction, des difficultés pour monter un escalier, des trous de mémoire fréquents, des difficultés à se faire comprendre des autres, etc.) et 5,4 millions (10 %) déclarent être fortement restreintes dans des activités essentielles du quotidien (se coucher et se lever, s'habiller, faire ses courses, manger et boire, se laver, etc.). Au total, en France métropolitaine et dans les départements et régions d'outre-mer (DROM), le nombre d'enfants et d'adultes handicapés (de 5 ans ou plus), qu'ils vivent à domicile ou en établissement, peut varier selon le critère ou le croisement de critères utilisés de 5,7 millions à 18,2 millions de personnes. Il n'y a pas de réponse unique à cette question, parce qu'il n'y a pas de définition unique de ce qu'est une personne handicapée : comme pour toute définition, des choix conventionnels doivent être opérés et il n'y a pas de méthode pour dénombrer les personnes handicapées qui fasse l'objet d'un consensus. **La loi n° 2005-102 du 11 février 2005** pour l'égalité des droits et des chances, la participation et la citoyenneté des personnes handicapées, proche de la définition de la Convention internationale relative aux droits des personnes handicapées, précise que « constitue un handicap, au sens de la présente loi, toute limitation d'activité ou restriction de participation à la vie en société subie dans son environnement par une personne en raison d'une altération substantielle, durable ou définitive d'une ou de plusieurs fonctions physiques, sensorielles, mentales, cognitives ou psychiques, d'un polyhandicap ou d'un trouble de santé invalidant ». Par ailleurs, l'Organisation Mondiale de la Santé a mis en place, en 2001, une Classification Internationale du Fonctionnement, du handicap et de la santé (CIF). Il n'y a donc pas de définition unique du handicap. Des approches multiples permettent toutefois de fournir quelques éléments de cadrage et plusieurs dénombrements peuvent être élaborés en s'appuyant sur la définition de loi de 2005. Pour ce faire, et en mobilisant les dernières données disponibles, trois définitions principales de limitations ou restrictions sont utilisées :

- **la première** est de déclarer une limitation fonctionnelle importante pour une fonction sensorielle, motrice, physique, liée à la mémoire, la concentration ou l'organisation, ou encore liée au relationnel. Ces indicateurs s'inspirent de la nomenclature du Washington Group, qui doit permettre de faire des comparaisons internationales ;
- **la deuxième** est de déclarer des restrictions pour réaliser les actes essentiels du quotidien en termes de mobilité, d'entretien personnel ou d'activités domestiques, en raison d'un problème de santé, d'un handicap ou de l'avancée en âge ;
- **la troisième** est de déclarer plus globalement une forte restriction, depuis plus de six mois, pour des raisons de santé, dans les activités que les gens font habituellement (indicateur Global Activity Limitation Indicator [GALI]).

Les trois approches mènent à des constats différents. Selon que l'on retienne uniquement une seule définition ou au moins l'une des trois, en 2022, entre 4,6 et 16,0 millions de personnes de 15 ans ou plus vivant à domicile en France métropolitaine sont handicapées.

« Le handicap en chiffre », Vanessa Bellamy, 28/11/2024
drees.solidarites-sante.gouv.fr

4 Rédiger en binôme, à partir des connaissances, une définition du handicap. Comparer la définition rédigée à celle proposée dans le cadre de la loi du 11 février 2005 qui apparaît dans le document 2 et conclure.

5 Expliquer dans quelle mesure une définition unique du handicap reste complexe. Justifier la réponse.

6 Identifier, à partir de vos connaissances et du document 2, les trois niveaux de limitation du handicap énoncés dans le cadre de la classification internationale des handicaps.

7 Relever le bilan chiffré du nombre de personnes en situation de handicap au regard des caractéristiques fonctionnelles. Indiquer pourquoi il est difficile de réaliser précisément un bilan en nombre des personnes en situation de handicap.

2 Sport et handicap, quelles idées reçues ?

DOCUMENT 3 Les grandes familles de handicap

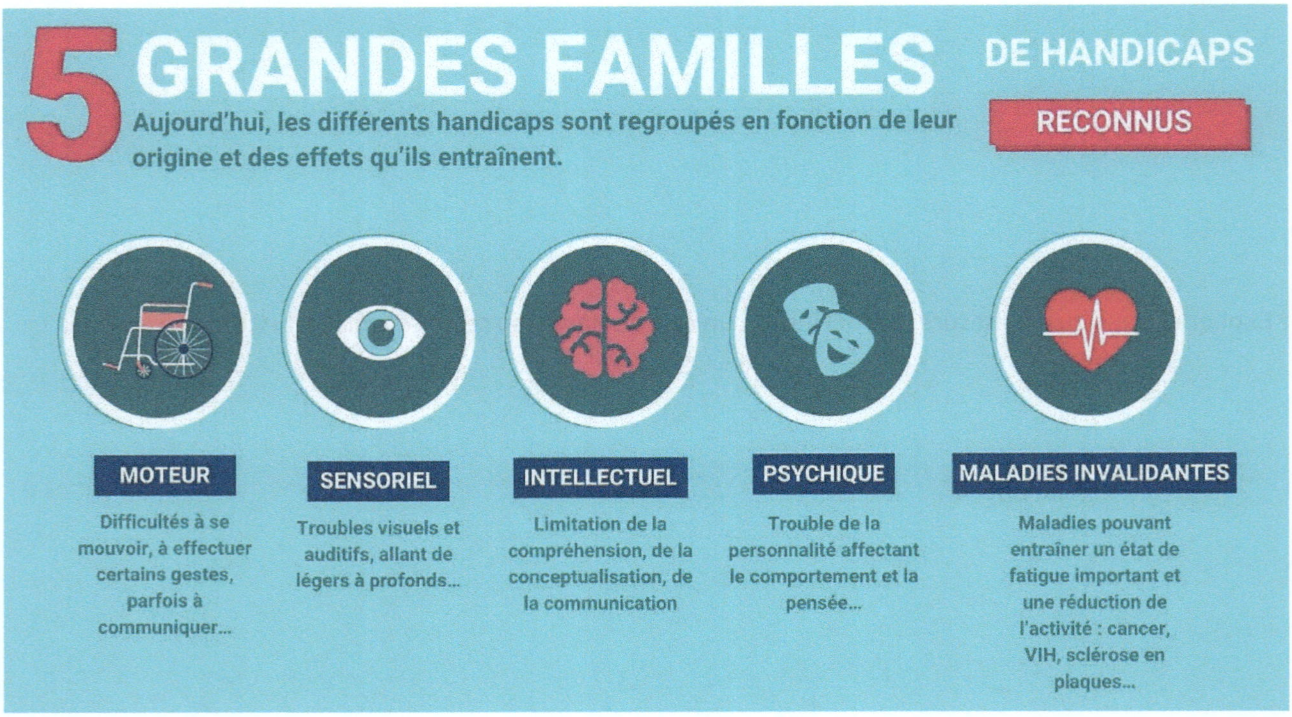

www.education.gouv.fr

DOCUMENT 4 Sport et handicap, les idées reçues

Les idées reçues sur le sport et le handicap sont nombreuses, mais elles ignorent souvent les réalités des personnes handicapées et les possibilités qu'elles ont de participer, de se dépasser et de réussir dans le domaine sportif. Les mentalités évoluent, et de plus en plus d'initiatives visent à encourager l'inclusion des personnes handicapées dans le sport, tant au niveau amateur que professionnel. L'important est de reconnaître la diversité des expériences et des besoins, et de mettre en place des infrastructures et des programmes qui permettent à chacun de s'épanouir par le sport.

J'ai un handicap, je ne peux pas faire d'activité physique et sportive : Faux !

La pratique d'une activité physique ou sportive n'est pas uniquement réservée aux personnes non handicapées. Quel que soit le handicap, une activité physique et sportive est toujours possible et conseillée dès lors qu'elle est adaptée aux capacités de la personne.

Une personne en situation de handicap ne peut pas pratiquer seule un sport : Faux !

Une personne en situation de handicap peut pratiquer un sport en toute autonomie. Certains types de handicap ou certaines pratiques sportives peuvent nécessiter un accompagnement. Par exemple, pour pratiquer leur sport en toute sécurité, les personnes déficientes visuelles peuvent être guidées dans leur pratique de la course à pied, du cyclisme, du ski notamment.

Certains sports sont interdits aux personnes en situation de handicap : Faux !

Sauf contre-indication médicale, les personnes en situation de handicap peuvent pratiquer tous les sports, même les sports à sensation ou extrêmes (ex. : escalade, plongée sous-marine, parachutisme, etc.). Dès lors que la personne dispose d'une adaptation de sa pratique ou de son matériel pour lui permettre de compenser son handicap, la plupart des sports sont possibles.

DOCUMENT 4 (suite)

Je ne peux pratiquer que dans un club de la Fédération Française du sport adapté ou handisport : Faux !

Les clubs affiliés aux deux fédérations historiques (la Fédération française du sport adapté et la Fédération française handisport) ne sont pas les seuls à pouvoir vous accueillir. Il existe de nombreux clubs para-accueillant, affiliés à d'autres fédérations comme la Fédération française de tennis, la Fédération française de la montagne et de l'escalade. D'autres acteurs, comme les collectivités territoriales, les salles privées ou encore les établissements sociaux et médico-sociaux (ESMS), peuvent également proposer des activités physiques et sportives aux personnes en situation de handicap.

En compétition, tous les handicaps sont mélangés, il n'y a donc pas d'équité : Faux !

L'équité est recherchée dans les compétitions au travers de classifications. Chaque personne en situation de handicap va être évaluée par des experts techniques et médicaux pour :

- valider l'éligibilité d'une personne au sein d'une catégorie (handicap minimum) ;
- évaluer ses compétences et son niveau de capacité à pratiquer un sport.

Pour les personnes en situation de handicap moteur, les classifications varient selon la discipline car un même handicap ne va pas avoir le même impact fonctionnel d'une discipline à l'autre (ex. : une amputation de la main n'a pas le même impact en paraescalade qu'en paracyclisme).

www.monparcourshandicap.gouv.fr

8 **Lister les différentes formes de handicaps reconnus à partir du document 3.**

....

....

....

9 **Identifier, après consultation du document 4, des idées reçues sur le sport et le handicap. Indiquer pourquoi le sport peut être un vecteur important de lutte contre les discriminations liées au handicap.**

....

....

....

....

JE DÉCOUVRE *un métier*

Éducateur(trice) spécialisé(e)

À partir du site de L'ONISEP disponible par le QR Code ci-contre, répondre aux questions suivantes :

1 **Décrire brièvement le métier d'éducateur(trice) spécialisé(e).**

2 **Relever les compétences requises pour exercer le métier d'éducateur(trice) spécialisé(e).**

3 **Indiquer le lieu d'exercice d'un(e) éducateur(trice) spécialisé(e).**

CONSULTER LE SITE

https://g5.re/f8qvb

JE MÈNE L'ENQUÊTE...

À LA RENCONTRE D'UN SPRINTER FRANÇAIS

DOCUMENT **PARCOURS HANDICAP – SPORT, témoignage de Dimitri Jozwicki, athlète français**

VISUALISER LA VIDÉO

https://g5.re/ftbw8

QUESTIONNEMENT

Après avoir visionné le témoignage de Dimitri Jozwicki, répondre par groupe de 4 élèves aux questions suivantes en vous appuyant sur les éléments présentés dans la vidéo ainsi que sur vos connaissances personnelles.

1. Présenter brièvement Dimitri Jozwicki : qui est-il ? Quel est son parcours personnel et son parcours professionnel ?
2. Relever les valeurs qu'il met en avant à travers son histoire et son témoignage.
3. Expliquer pourquoi les plateformes comme « Mon Parcours Handicap » ou « Trouve Ton Parasport » sont essentielles pour les personnes en situation de handicap.
4. Énoncer les bienfaits qu'apporte la pratique de l'handisport aux personnes en situation de handicap, selon Dimitri Jozwicki.
5. Citer les objectifs principaux de la plateforme « Mon parcours handisport ».
6. Expliquer la phrase de conclusion de Dimitri Jozwicki « l'inclusion commence par le regard que vous portez sur le handicap ».
7. Citer les outils ou ressources d'éligibilité mentionnées qui permettent de faciliter l'accès à la pratique du handisport.
8. Énumérer trois actions concrètes susceptibles d'être proposées pour mieux inclure les personnes en situation de handicap dans un environnement scolaire au quotidien.

1 Je découvre

DOCUMENT 1 Qu'est-ce que l'appareil locomoteur ?

L'appareil locomoteur est constitué de trois éléments principaux : le squelette, les articulations et les muscles. Le squelette se divise en deux parties : le squelette axial (crâne, colonne vertébrale, cage thoracique) et le squelette appendiculaire (membres supérieurs et inférieurs). Les articulations permettent le mouvement entre les os, tandis que les muscles, en se contractant, génèrent le mouvement.

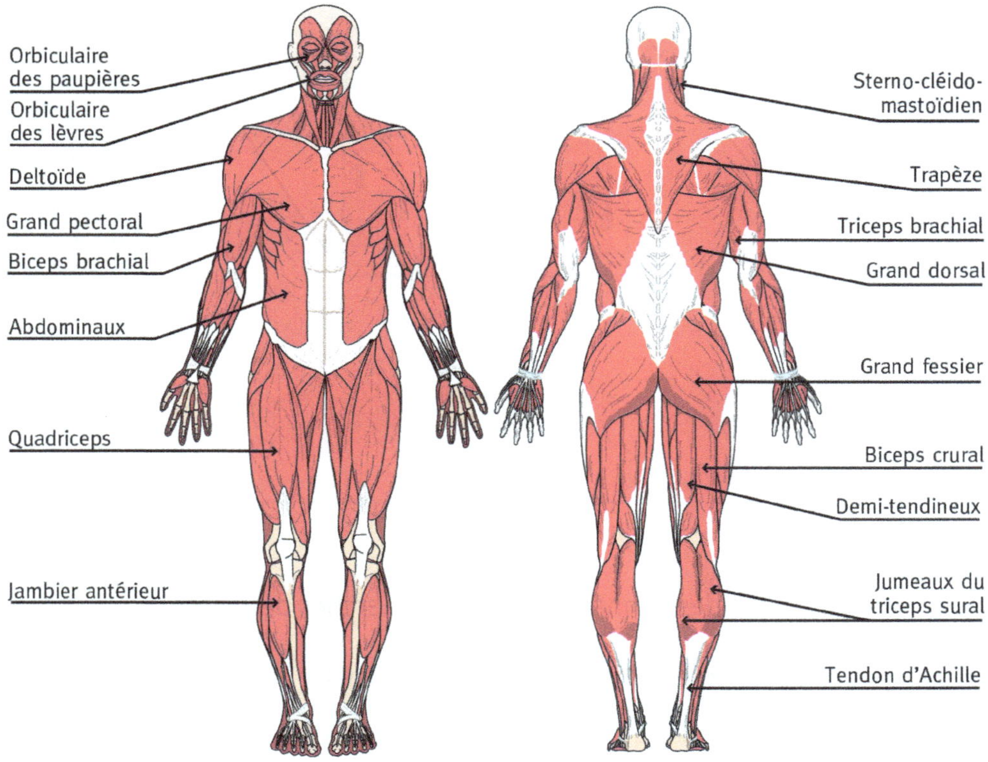

Association Française contre les Myopathies

DOCUMENT 2 L'anatomie du genou

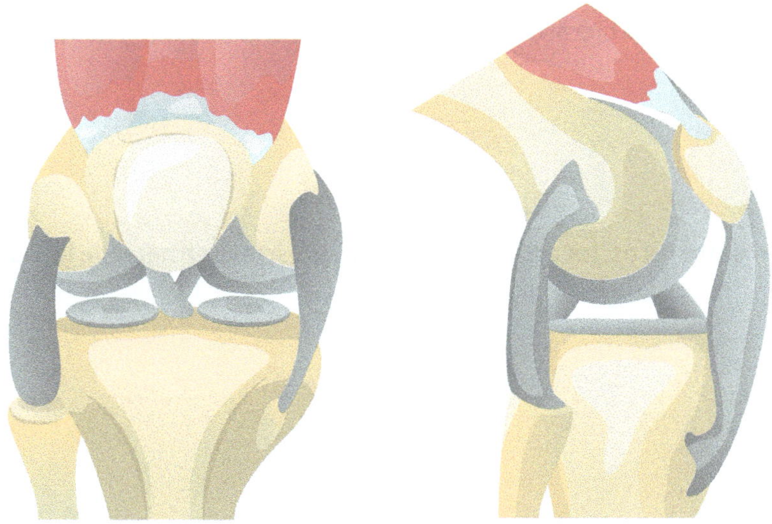

DOCUMENT 3 Muscle strié squelettique

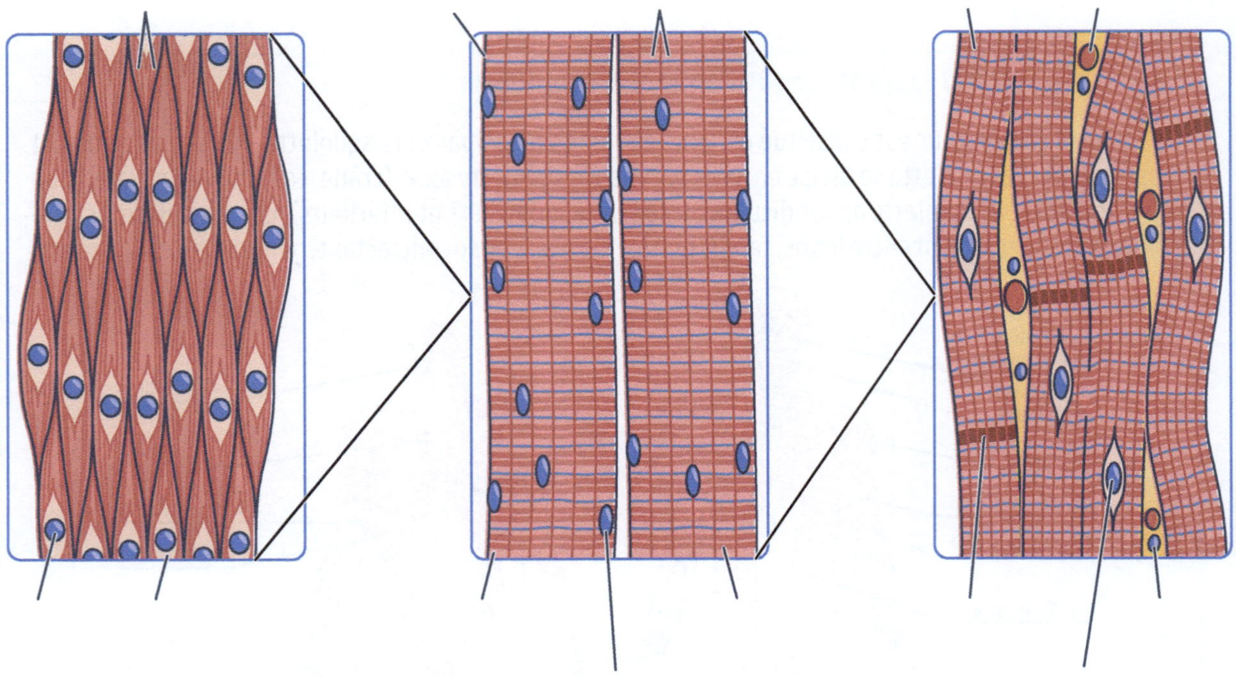

◆ À partir des documents 1 à 3 et des connaissances ou recherches personnelles :

1 **Identifier un élément du squelette axial et un élément du squelette appendiculaire.**

2 **Sur le schéma de l'articulation (document 2), placer les principaux éléments :** *cartilage*, *ligaments*, *capsule articulaire*, *synoviale*.

3 **Décrire brièvement la structure hiérarchisée du muscle, de l'organe à la myofibrille, et légender le document 3.**

4 **En quoi l'interaction entre les os, les articulations et les muscles permet-elle le mouvement ?**

2 Je m'interroge

1 Comment le neurone et le muscle fonctionnent-ils ?

VISUALISER LA VIDÉO

https://g5.re/ffhbr

DOCUMENT 4 La commande du mouvement

Le contrôle cérébral du mouvement

Le cerveau joue un rôle central dans la commande des mouvements volontaires du corps. Différentes régions cérébrales sont impliquées, chacune ayant une fonction spécifique :

- le cortex moteur ;
- le lobe frontal ;
- le lobe temporal ;
- le lobe pariétal ;
- le thalamus ;
- le cervelet.

Ces zones collaborent pour générer et transmettre les signaux nerveux qui activeront in fine les muscles.

Processus cérébraux préalables au mouvement

Avant même qu'un mouvement ne soit exécuté, de nombreux processus cérébraux se mettent en place :

- le cortex moteur interagit avec diverses régions du cerveau ;
- il s'organise en zones spécifiques, chacune dédiée à une partie précise du corps.

Transmission du signal nerveux

La séquence se poursuit en illustrant :

- l'activation de neurones spécifiques dans la substance blanche de la moelle épinière ;
- l'implication des neurones moteurs dans la substance grise ;
- la propagation du message nerveux jusqu'à la jonction neuromusculaire.

Contraction musculaire

Enfin, le processus de contraction musculaire est expliqué de manière simplifiée :

- l'initiation de la contraction au niveau de la jonction neuromusculaire ;
- les mécanismes impliqués, jusqu'à l'échelle des myofilaments.

Cette description offre une vue d'ensemble du parcours complexe allant de l'intention de mouvement dans le cerveau jusqu'à la contraction effective des muscles.

◆ Visionner la vidéo du document 4 puis répondre aux questions suivantes.

5 **Indiquer le rôle du cerveau dans la réalisation du mouvement.**

6 **Décrire la façon dont la moelle épinière transmet les messages entre le cerveau et les muscles.**

7 **Présenter le rôle des nerfs moteurs.**

8 **En déduire le moyen utilisé par les nerfs moteurs pour transmettre l'information aux muscles.**

9 **Expliciter pourquoi la localisation d'une fracture dans la moelle épinière affecte la gravité des handicaps moteurs.**

10 **Lister les différences entre paraplégie et quadriplégie.**

....

....

....

11 **Expliquer pourquoi une fracture cervicale affecte la respiration, contrairement à une fracture lombaire.**

....

....

....

Activité Étude de cas de troubles neurologiques

Voici cinq cas cliniques présentant des handicaps moteurs différents. L'un d'entre eux a subi une fracture à la **sixième vertèbre thoracique (T6)**, le deuxième une **fracture lombaire (L2)**, le troisième une **fracture cervicale (C4)**, le **quatrième une fracture cervicale basse (C7)**, le dernier une **fracture sacrée (S2)**. Lorsqu'une fracture de la moelle épinière est produite, l'ensemble des nerfs moteurs contrôlés par le nerf rachidien encore présent en dessous de la fracture ne peut plus recevoir d'informations du cerveau.

12 **En vous basant sur ces informations, associer l'emplacement de la fracture au cas clinique correspondant.**

Cas 1

Julie, 35 ans, a été victime d'un accident de voiture.

Symptômes :

- paralysie complète des bras et des jambes (quadriplégie) ;
- difficulté à respirer sans assistance ;
- perte de sensation en dessous du cou.

Emplacement : ....

Cas 2

Marc, 42 ans, a subi une chute de grande hauteur.

Symptômes :

- paralysie des jambes (paraplégie) ;
- sensation conservée dans le haut du corps et les bras ;
- fonction respiratoire normale.

Emplacement : ....

Cas 3

Luc, 28 ans, a été impliqué dans un accident de moto.

Symptômes :

- faiblesse musculaire ou paralysie partielle des jambes ;
- sensations réduites dans la partie inférieure des jambes et des pieds ;
- pas d'impact sur les bras ou la respiration.

Emplacement : ....

Cas 4

Paul, 60 ans, a glissé dans les escaliers.

Symptômes :

- perte de contrôle des fonctions urinaires et fécales ;
- faiblesse musculaire dans les pieds, avec des difficultés à marcher ;
- pas d'impact sur les jambes supérieures ni sur la respiration.

Emplacement : ....

Cas 5

Sophie, 50 ans, a eu un accident de vélo qui a provoqué une fracture.

Symptômes :

- paralysie des jambes (paraplégie) et faiblesse musculaire partielle dans les mains et les doigts ;
- les mouvements des épaules et des coudes sont conservés ;
- pas d'impact sur la respiration.

Emplacement :

....

....

2 Les maladies génétiques[1]

DOCUMENT 5 Qu'est-ce que la mucoviscidose ?

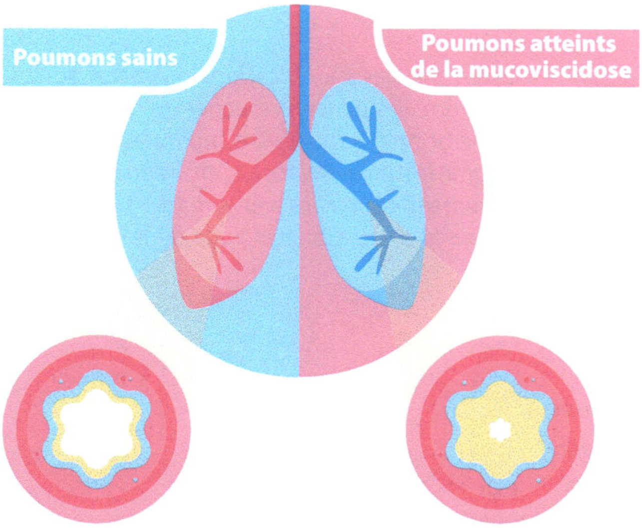

Voie respiratoire avec du mucus sain

Voie respiratoire avec du mucus de la mucoviscidose

VISUALISER LA VIDÉO

https://g5.re/fazx3

À partir du document 5 et de sa vidéo, répondre aux questions suivantes :

13 Indiquer le principal organe atteint par cette pathologie.

....

....

14 Expliciter le rôle du mucus chez une personne en bonne santé.

....

....

....

15 Donner le nom du gène ou de la protéine impliqué(e) dans la mucoviscidose.

....

16 Lister les conséquences de la mucoviscidose sur l'état du mucus. Présenter le rôle de celui-ci en cas de pathologie.

....

....

[1] Ce chapitre peut faire suite au chapitre « Les tests génétiques », partie « Santé et Innovations ».

PARTIE
BPH

JE MÈNE L'ENQUÊTE...

1. À LA DÉCOUVERTE DE PLUSIEURS MALADIES GÉNÉTIQUES

L'étude du handicap et de l'inclusion passe par la compréhension des déficiences et des maladies génétiques.

Les maladies génétiques sont des affections causées par des modifications du matériel génétique d'un individu, c'est-à-dire de l'ADN. Ces anomalies peuvent toucher un ou plusieurs gènes et se transmettre de génération en génération ou apparaître spontanément. Les maladies génétiques sont variées : certaines, comme la mucoviscidose, sont fréquentes, tandis que d'autres, comme la progeria, sont extrêmement rares. Elles peuvent affecter des fonctions essentielles du corps, comme la respiration, la circulation sanguine ou le développement musculaire.

Déroulement :

- *formation de groupes de 3-4 élèves ;*
- *attribution d'un cas clinique par groupe ;*
- *recherche d'informations sur la maladie ;*
- *création d'une affiche (par exemple par le logiciel Canva ou autre logiciel de mise en page) présentant la maladie.*

Recherche d'informations sur la maladie :

- *description des symptômes principaux ;*
- *cause génétique (gène impliqué, type de mutation) ;*
- *mode de transmission ;*
- *diagnostic et traitements possibles ;*
- *impact sur la vie quotidienne du patient.*

Exemples de maladies génétiques :

- *drépanocytose ;*
- *trisomie 21 (syndrome de Down) ;*
- *myopathie de Duchenne ;*
- *hémophilie ;*
- *neurofibromatose de type I ;*
- *phénylcétonurie ;*
- *hémochromatose ;*
- *chorée de Huntington.*

2. COMMENT INNOVER POUR GUÉRIR DE MALADIES GÉNÉTIQUES ?

Plusieurs stratégies thérapeutiques existent aujourd'hui afin de soigner, voire prévenir, les maladies génétiques.

DOCUMENT 1 La thérapie génique

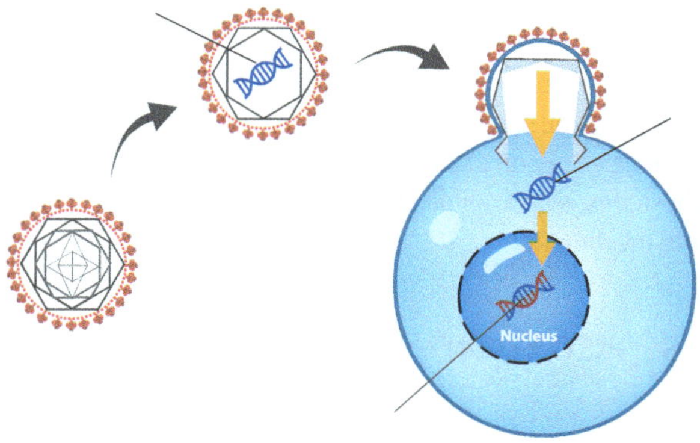

La thérapie génique vise à traiter des maladies génétiques en insérant un gène fonctionnel dans les cellules du patient pour remplacer ou compenser le gène défectueux. Bien que les progrès aient été plus lents que prévu initialement, des succès récents ont été obtenus dans le traitement de certaines cécités génétiques et potentiellement de l'hémophilie. Cependant, des défis persistent concernant l'insertion efficace et durable du gène thérapeutique dans les cellules cibles.

DOCUMENT 2 La médecine personnalisée

La médecine personnalisée adapte les traitements au profil génétique de chaque patient. Elle permet d'identifier les prédispositions à certaines maladies, de prévenir les effets secondaires de médicaments, et de cibler plus précisément les traitements, notamment en oncologie. Cette approche s'appuie sur l'analyse génétique pour optimiser la prise en charge thérapeutique et améliorer l'efficacité des traitements tout en réduisant les effets indésirables.

VISUALISER LA VIDÉO

https://g5.re/fmzz9

D'autres approches émergentes en génétique médicale incluent l'utilisation de l'édition génomique, comme la technologie CRISPR-Cas9, pour corriger directement les mutations génétiques. De plus, la pharmacogénomique étudie comment le profil génétique influence la réponse aux médicaments, permettant une prescription plus précise. Enfin, la thérapie cellulaire génétiquement modifiée, comme les CAR-T cells en oncologie, ouvre de nouvelles perspectives pour le traitement de maladies complexes.

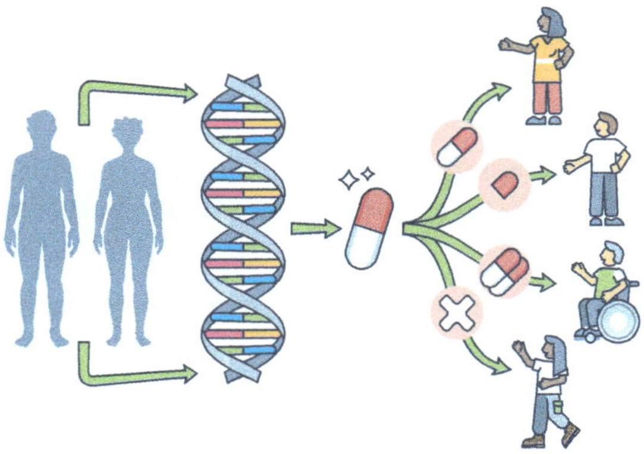

QUESTIONNEMENT

À partir de recherches documentaires, réaliser une série de questions/réponses de type jeu de société afin de pouvoir faire découvrir des concepts de thérapies innovantes dans le cadre des maladies génétiques.

SYNTHÈSE

JE FAIS LE POINT SUR LE THÈME « HANDICAP ET INCLUSION AU QUOTIDIEN »

SYNTHÈSE STSS

« La politique en direction des personnes handicapées est marquée par la loi du 11 février 2005 “pour l’égalité des droits et des chances, la participation et la citoyenneté des personnes handicapées” qui en a profondément renouvelé les fondements. Cette dernière nous propose une nouvelle définition de la notion de Handicap avec l’article L 114 du Code de l’action sociale et des familles : “constitue un handicap, au sens de la présente loi, toute limitation d’activité ou restriction de participation à la vie en société subie dans son environnement par une personne en raison d’une altération substantielle, durable ou définitive d’une ou plusieurs fonctions physiques, sensorielles, mentales, cognitives ou psychiques, d’un polyhandicap ou d’un trouble de santé invalidant”.

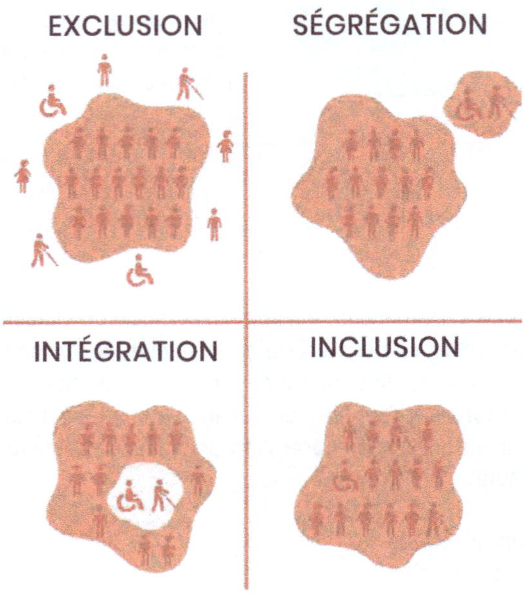

La société inclusive est celle qui va mettre à l’intérieur de ses frontières, de ses valeurs, de ses normes, tous ceux qui en font partie de droit. Dans une société inclusive, chacun a sa place. »

handicap.gouv.fr

De l’intégration à la refondation de la politique du handicap versus accessibilité, insertion, école vraiment inclusive…

La loi n° 2005-102 du 11 février 2005 pour l’égalité des droits et des chances permet de réaffirmer la participation et la citoyenneté des personnes handicapées. Cette loi réforme la loi d’orientation en faveur des personnes handicapées du 30 juin 1975 en mettant en avant cinq objectifs :

- DROIT À COMPENSATION
- L’INTÉGRATION SCOLAIRE
- INSERTION PROFESSIONNELLE
- SIMPLIFICATION ADMINISTRATIVE
- RENFORCEMENT À L’ACCESSIBILITÉ

SYNTHÈSE BPH

L'étude du handicap et de l'inclusion passe par la compréhension des déficiences et des maladies génétiques :

LES DÉFICIENCES

Les déficiences peuvent affecter l'appareil locomoteur (squelette, articulations, muscles) ou le système nerveux, entraînant des paralysies.

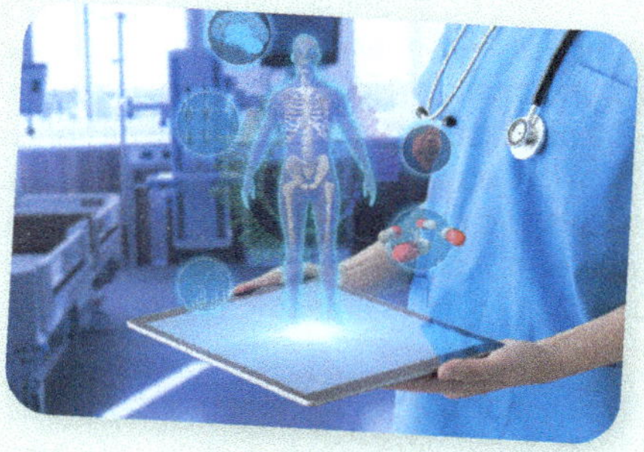

LES THÉRAPIES INNOVANTES

Les thérapies innovantes, telles que la thérapie génique, la médecine personnalisée et l'édition génomique (CRISPR-Cas9), offrent de nouvelles perspectives de traitement.

LES MALADIES GÉNÉTIQUES

La mucoviscidose est un exemple de maladie génétique, due à un défaut du gène CFTR, qui affecte les poumons et le système digestif. D'autres maladies génétiques, comme la drépanocytose, la trisomie 21 ou la myopathie de Duchenne, sont étudiées à travers des recherches.

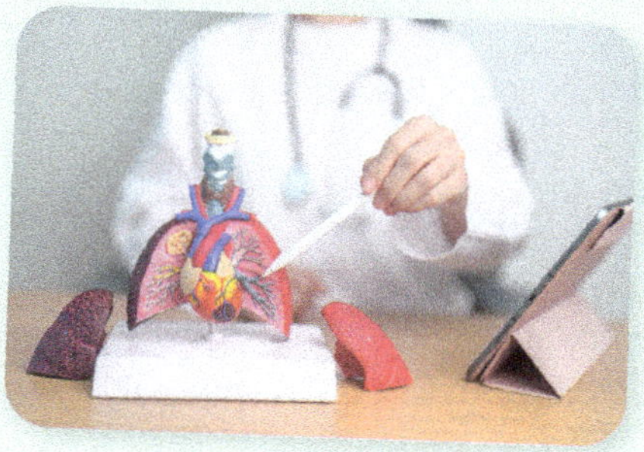

LEXIQUE A Z

- **DÉFICIENCE ACQUISE :** la déficience acquise désigne une perte ou une altération d'une fonction physique, sensorielle, cognitive ou psychique qui survient au cours de la vie, par opposition aux déficiences congénitales (présentes dès la naissance).
- **DÉFICIENCE CONGÉNITALE :** la déficience congénitale est une altération d'une fonction physique, sensorielle, cognitive ou psychique présente dès la naissance. Elle résulte d'anomalies génétiques, de complications pendant la grossesse ou l'accouchement, ou encore d'expositions à des agents nocifs durant la période prénatale.
- **HANDICAP :** *selon la loi du 11 février 2005* « constitue un handicap toute limitation d'activité ou restriction de participation à la vie en société subie dans son environnement par une personne en raison d'une altération substantielle, durable ou définitive d'une ou plusieurs fonctions physiques, sensorielles, mentales, cognitives ou psychiques, d'un polyhandicap ou d'un trouble de santé invalidant ». Le handicap est une notion qui désigne une limitation d'activités ou une restriction de participation à la vie en société subie par une personne en raison d'une déficience (physique, sensorielle, cognitive, mentale ou psychique), d'un environnement inadapté, ou d'une combinaison des deux.
- **HANDISPORT :** l'handisport désigne la pratique du sport par les personnes en situation de handicap, qu'il soit moteur, sensoriel ou mental. Il regroupe des disciplines adaptées ou spécifiques et peut être pratiqué en loisir ou en compétition.
- **INCLUSION :** l'inclusion est un processus visant à garantir à tous les individus, quelles que soient leurs différences (handicap, origine, genre, situation sociale), une pleine participation à la société en adaptant les environnements et en supprimant les obstacles.
- **INTÉGRATION :** l'intégration désigne un processus qui vise à promouvoir le partage des valeurs communes, d'objectifs communs, entre des individus au sein d'une société ou d'un groupe social.

ANATOMIE ET PHYSIOLOGIE

- **APPAREIL LOCOMOTEUR :** ensemble des structures permettant le mouvement du corps (os, muscles, articulations).
- **ARTICULATIONS :** jonctions entre les os permettant le mouvement.
- **CAPSULE ARTICULAIRE :** enveloppe entourant une articulation.
- **CARTILAGE :** tissu souple recouvrant les extrémités des os dans les articulations.
- **LIGAMENTS :** tissus fibreux reliant les os entre eux dans une articulation.
- **MUSCLE STRIÉ SQUELETTIQUE :** muscle attaché au squelette, responsable des mouvements volontaires.
- **MYOFIBRILLE :** unité contractile du muscle.
- **MYOFILAMENTS :** protéines formant les myofibrilles.
- **SQUELETTE APPENDICULAIRE :** partie du squelette comprenant les membres supérieurs et inférieurs.
- **SQUELETTE AXIAL :** partie centrale du squelette comprenant le crâne, la colonne vertébrale et la cage thoracique.
- **SYNOVIALE :** membrane sécrétant le liquide lubrifiant l'articulation.

SYSTÈME NERVEUX ET FONCTIONNEMENT MOTEUR

- **CERVELET :** partie du cerveau coordonnant les mouvements et l'équilibre.
- **CORTEX MOTEUR :** région du cerveau contrôlant les mouvements volontaires.
- **JONCTION NEUROMUSCULAIRE :** zone de connexion entre un nerf et un muscle.
- **LOBE FRONTAL, TEMPORAL, PARIÉTAL :** principales divisions du cerveau, chacune avec des fonctions spécifiques.
- **MOELLE ÉPINIÈRE :** prolongement du cerveau transmettant les signaux nerveux.
- **NERFS MOTEURS :** nerfs transmettant les signaux du cerveau aux muscles.
- **POTENTIEL D'ACTION :** signal électrique se propageant le long d'un neurone.
- **SUBSTANCE BLANCHE :** partie externe de la moelle épinière contenant les axones.
- **SUBSTANCE GRISE :** partie interne de la moelle épinière contenant les corps cellulaires des neurones.
- **THALAMUS :** structure cérébrale relayant les informations sensorielles et motrices.

TROUBLES NEUROLOGIQUES

- **FRACTURE CERVICALE, THORACIQUE, LOMBAIRE, SACRÉE :** rupture d'une vertèbre dans différentes régions de la colonne vertébrale.
- **PARAPLÉGIE :** paralysie des membres inférieurs.
- **QUADRIPLÉGIE :** paralysie des quatre membres.

GÉNÉTIQUE ET MALADIES GÉNÉTIQUES

- **ADN :** molécule portant l'information génétique.
- **GÈNE CFTR :** gène muté dans la mucoviscidose.
- **GÈNE DÉFAILLANT :** gène ne fonctionnant pas correctement.
- **MODE DE TRANSMISSION :** façon dont une maladie génétique est héritée.
- **MUCOVISCIDOSE :** maladie génétique affectant les poumons et le système digestif.
- **MUCUS :** substance visqueuse produite en excès dans la mucoviscidose.
- **MUTATION GÉNÉTIQUE :** modification de la séquence d'ADN.

THÉRAPIES INNOVANTES

- **ÉDITION GÉNOMIQUE (CRISPR-CAS9) :** technique permettant de modifier précisément l'ADN.
- **MÉDECINE PERSONNALISÉE :** approche adaptant les traitements au profil génétique du patient.
- **PHARMACOGÉNOMIQUE :** étude de l'influence du profil génétique sur la réponse aux médicaments.
- **THÉRAPIE CELLULAIRE (CAR-T CELLS) :** traitement utilisant des cellules immunitaires modifiées génétiquement.
- **THÉRAPIE GÉNIQUE :** traitement visant à introduire un gène fonctionnel dans les cellules.

ACRONYMES utilisés dans l'ouvrage

AAH : Allocation aux adultes Handicapés.

ACTP : Allocation Compensatrice « Tierce Personne ».

ADN : Acide DésoxyriboNucléique.

AEEH : Allocation d'Éducation de l'Enfant Handicapé.

AGGIR : Autonomie Gérontologique et Groupe Iso Ressources.

APA : Allocation Personnalisée d'Autonomie.

APF : Association des Paralysés de France.

ARS : Agence Régionale de Santé.

ARN : Acide RiboNucléique.

BMR : Bactéries Multi-Résistantes.

CAR-T cells : *Chimeric Antigen Receptor T cells.*

CDAPH : Commission des Droits et de l'Autonomie des Personnes Handicapées.

CFTR : *Cystic Fibrosis Transmembrane Conductance Regulator.*

CH : Centre Hospitalier.

CHR : Centre Hospitalier Régional.

CHU : Centre Hospitalier Universitaire.

CIF : Classification Internationale du Fonctionnement, du handicap et de la santé.

CLCC : Centre de Lutte Contre le Cancer.

CMI : Concentration Minimale Inhibitrice.

CRISPR-Cas9 : *Clustered Regularly Interspaced Short Palindromic Repeats.*

DALO : Droit Au Logement Opposable.

DLS : Demande de Logement Social.

DMP : Dossier Médical Partagé.

EHPAD : Établissement d'Hébergement pour Personnes Âgées Dépendantes.

ESS : Équipe de Soins Spécialisés (en rapport avec l'accompagnement des personnes handicapées).

FIV : Fécondation In Vitro.

GHEF : Grand Hôpital de l'Est Francilien.

GIP HIS : Groupement d'Intérêt Public Habitat et Interventions Sociales.

GIR : Groupe Iso Ressources.

HAS : Haute Autorité de Santé.

IMC : Infirmité Motrice Cérébrale.

IMC : Indice de Masse Corporelle.

MDPH : Maison Départementale des Personnes Handicapées.

NICU : Unité de soins intensifs néonatals (*Neonatal Intensive Care Unit*).

OMS : Organisation Mondiale de la Santé.

PMA : Procréation Médicalement Assistée.

PR : PRématuré (ou prématurité).

RDS : Syndrome de Détresse Respiratoire (*Respiratory Distress Syndrome*).

RQTH : Reconnaissance de la Qualité de Travailleur Handicapé.

SA : Semaine d'Aménorrhée.

SAMU : Service d'Aide Médicale Urgente.

SAVS : Service d'Accompagnement à la Vie Sociale.

SCD : Soins de Courte Durée.

SDF : Sans Domicile-Fixe.

SEP : Sclérose En Plaques.

SIS : Systèmes d'Information de Santé.

SSR : Soins de Suite et de Réadaptation.

TH : Travailleur Handicapé.

TIC : Technologies de l'Information et de la Communication.

Achevé d'imprimer sur les presses de CPI
Imprimé en France
Dépôt légal : 1er trimestre 2025
N° d'impression : 2083460